오늘부터 아빠입니다

오늘부터 아빠입니다

초 판 1쇄 2024년 01월 05일

지은이 김근웅
펴낸이 류종렬

펴낸곳 미다스북스
본부장 임종익
편집장 이다경
책임진행 김가영, 박유진, 윤가희, 이예나, 안채원, 김요섭, 임인영

등록 2001년 3월 21일 제2001-000040호
주소 서울시 마포구 양화로 133 서교타워 711호
전화 02) 322-7802~3
팩스 02) 6007-1845
블로그 http://blog.naver.com/midasbooks
전자주소 midasbooks@hanmail.net
페이스북 https://www.facebook.com/midasbooks425
인스타그램 https://www.instagram/midasbooks

© 김근웅, 미다스북스 2024, *Printed in Korea*.

ISBN 979-11-6910-436-4 03810

값 18,000원

미다스북스는 다음세대에게 필요한 지혜와 교양을 생각합니다.

임신 출산 그리고 육아까지, MZ세대 남성의 좌충우돌 현실육아 스토리

오늘부터
아빠입니다

김근웅 지음

미다스북스

목차

프롤로그   008

1. 오늘부터 아빠입니다

지금부터 아빠입니다   013
아빠지만 29살 남자입니다   015
임산부 체험, 제가 해보겠습니다   018
<아빠가 전하는 육아 팁 1> 임산부 체험   023

2. N년 차 사원이 육아휴직을 선택하기까지

아내는 출산을, 남편은 배우자 출산휴가를   029
아내에게도 시간이 필요합니다   034
맞벌이 가정은 어린이집을 언제 다닐까   036
어린이집을 다니게 되면서 나타나는 일들   040
나쁜 아빠 아닙니다, 바쁜 아빠입니다   044
막내가 육아휴직을 쓰겠다고 한다면   047
육아휴직, 제가 해보겠습니다   051
<아빠가 전하는 육아 팁 2> 배우자 출산휴가, 육아기 근로시간 단축   054

목차

3. 1년 동안 주부가 되기로 한 아빠

집안일, 생각보다 어렵더라고요   061

내가 먹는 것처럼 할 수 없는 아기 밥 먹이기   064

의사소통이 되지 않을 때면   067

다양한 경험과 스스로 할 수 있는 것들   073

이유 있는 방구석 여포   080

엄마, 아빠와 떨어지기 싫어하는 아이를 볼 때면   084

아빠의 육아휴직으로 얻게 되는 것들   088

주 양육자 아빠입니다   092

<아빠가 전하는 육아 팁 3> 육아휴직   096

4. 육아 vs 사회생활

육아와 회사생활, 무엇이 더 쉬울까   103

놀이로 연관 짓는 다양한 상황들   106

아빠도 조금은 외로울 때가 있습니다   109

아직 현실에선 익숙하지 않은 아빠 육아   112

<아빠가 전하는 육아 팁 4> 지역별 아빠 육아휴직 장려금   115

목차

5. 육아, 인터넷으로 배웠어요

아빠는 왜 가입이 안 되죠?	119
SNS를 통해 배운 육아	125
내가 몰랐던 육아 블로그의 세계	132
<아빠가 전하는 육아 팁 5> 육아종합지원센터	136

6. 초보 아빠, 육아인플루언서 되다

직접 찾아보겠습니다	141
육아는 일상이 콘텐츠	144
이야기를 나눌 수 있다는 즐거움	149
아빠 육아가 이렇게 관심 받을 일인가요	152
<아빠가 전하는 육아 팁 6> 정보를 찾을 때 주의해야 할 점	157

목차

7. 어느 날 갑자기, 육아 번아웃

자기주장이 생기기 시작한 아이를 보며   161
예민해진 나를 느낀 시점   165
공감능력 없는 남편일까 생각하곤 합니다   172
<아빠가 전하는 육아 팁 7> 육아로 인한 번아웃   176

8. 아빠도 육아로 인해 퇴사를 합니다

어라? 내 자리가 없다   181
네, 퇴사 제가 해보겠습니다   184
육아휴직과 복직, 존재하는 사각지대   187
어떤 아이로 성장하길 원할까   190
좋은 부모 호소인   194

글을 마치며   198

"아빠 왔다."

어렸을 때 아빠가 집에 오실 때면 이렇게 말씀하셨다. 그리고 자식들은 집에 오신 아빠를 마중하기 위해 방에서 뛰쳐나온다. 아마 나와 비슷한 또래의 사람들에게 익숙한 광경이 아닐까 싶다. 나 역시도 그렇다.

돌이켜보면 '아빠 왔다.'라는 말에는 많은 의미와 이미지가 그려진다. 목소리의 톤이 떠오르기도 하고 그때 아버지의 표정이 그려지기도 한다. 그리고 은연중에 나도 아빠가 된다면 저 말을 그대로 하게 될까라고 생각하기도 했다.

어느 날 나는 자신을 아빠라고 불러야 했다. 자유롭게 보내던 20대에서 갑자기 또 다른 인생이 시작됐다. 20대 청년에서 20대 아빠는 두 글자 차이지만 많은 변화를 가져왔다. 결혼과 출산이라는 게 당연해지지 않은 사회에서 20대 끝자락에 있던 나는 아빠의 자리에 섰다.

지금은 딸이라는 존재를 어깨에 메고, 품에는 아내의 존재를 품고 살아가고 있다. 어깨에는 더 큰 부담감과 책임감을 지게 됐다. 그렇게 아빠로서의 자아는 내 삶에 스며들었고 새로운 인생이 시작됐다. 아내, 아이, 어린이집, 육아, 집안일과 함께하는 순간들 모두가 내가 스스로를 아빠라고 여기게 되는 계기들이다. 누군가 '아빠가 되면 달라질 거야.'라고 말하지도 않았다.

나는 이제 나만의 삶이 아닌 아내와 아이가 함께하는 아빠로 성장하고 있다. 매일 느끼는 감정은 말로 다 표현하기조차 어렵다. 겉으로 보이는 부모의 삶은 고요한 바다처럼 보일 수 있지만 자세히 보면 그 안에는 행복과 불안, 책임과 부담이 교차하는 파도가 있다. 부모는 그 파도를 작은 생명과 함께한다.

이 파도를 무사히 헤쳐온 분들에게는 내 이야기가 우습게 들릴 수도 있고 아쉬움으로 다가오는 부분들도 있을 수 있다. 그럼에도 불구하고 내가 겪은 아빠로서의 여정을 써보려 한다. 20대 젊은 아빠가 겪은 사건들과 시선들을 어떻게 마주하면서 내일을 맞이하고 있는지, 그 안에는 어떤 감정들이 숨어 있는지 이야기해보겠다.

1. 오늘부터 아빠입니다

지금부터 아빠입니다

아빠지만 29살 남자입니다

임산부 체험, 제가 해보겠습니다

<아빠가 전하는 육아 팁 1>

임산부 체험

4년 전, 당시 여자 친구였던 아내에게 처음 임신 소식을 들었다. 혹자는 배우자의 임신 소식을 들었을 때 나오는 첫 반응이 기쁨이어야지 평생 아내에게 남을 기억을 줄 수 있다고 한다. 그러나 앞에서도 '여자 친구였던'이라고 적었던 것처럼 아이는 갑자기 찾아왔다. 기쁜 소식이기도 했지만 두려움도 공존했다.

물론 나와 아내 모두 어린 나이가 아니었기에 결혼을 전제로 연애를 시작했다. 그러나 임신과 출산이라는 단어를 그때의 나는 내 입으로 말하게 될 단어라고 생각해본 적은 없다. 왜, 그렇지 않은가. 출산율이 역대 최저치를 찍어가는 와중에 20대에 부모가 된다는 것은 모두에게 거리가 있는 이야기라고 생각한다. 그리고 그때의 나도 그런 사람들 중 하나였다.

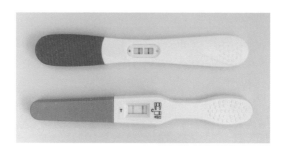

그래서였을까 처음 임신 소식을 들었을 때 손이 덜덜 떨렸
다. 기쁨일까 두려움일까. 내 감정을 스스로 판단하기도 전
에 스위치가 켜진 것처럼 무언가 바뀐 것 같은 느낌도 동시
에 받았다. 2020년 4월 3일, 그렇게 내 나이 29세에 아빠가
되었다.

아빠지만 29살 남자입니다

예전과 다르게 최근 29살 남성에게 결혼은 이르다는 의견이 다수라고 생각한다. 실제로 통계청에서 발표한 남성의 평균 초혼 연령은 33.7세 여성은 31.3세다. 심지어 이는 만 나이로 통계를 낸 것으로, 우리가 통상 말하는 나이라면 남자는 34세, 여자는 32세쯤이다. 20대 부모는커녕 20대 남편과 아내도 보기 드물다. 그나마 2013년 여성의 초혼 연령이 29.7세였는데 이는 아내가 된 나이지, 엄마가 된 나이는 아니었다. 2022년 통계청 자료에 따르면 평균 출산 연령은 33.5세다. 이 수치는 최근 5년 매년 0.2세 정도씩 늦어지고 있다.

29살, 만 나이 27살에 아빠가 됐다.

학교를 빨리 졸업해도 군대를 포함해서 26살이고 바로 취업하지 않고 휴학이라도 한다면 27, 8살이 되어서야 처음 취업하게 된다. 근데 29살 남성이 결혼을 한다? 게다가 임신과 출산은 더 거리가 먼 단어일 것이다.

이 나이대 남자가 그렇듯 당시 사회생활 2~3년 차에 접어든 초년생이었다. 20대 초반보다는 먹고 소비하는 거에 여유로워졌으나 미래를 걱정하면서 친구들을 만나는 시간은 줄어드는 그런 시기였다.

친구보다 여자 친구를 만나는 시간이 많아지고, 미래에 대해 가끔씩 이야기를 나누긴 했지만, 한편으로 아직 가정을 이루기엔 많이 남았다고 생각했다. 왜냐면 주변에 결혼한 사람이 정말 손에 꼽았다. 속도위반인 경우가 아니고 결혼을 한 사람은 내 주변에서 볼 수 있는 케이스는 1, 2명 정도였다. '던바의 법칙'이라는 설에 따르면 우리가 친분을 쌓고 지내는 최대 인원이 150명 정도라고 말한다. 만약 이 설에 기반하면 1~2%가 20대에 결혼하는 남자라는 말이다. 그리고 그 중 하나가 내가 되었다.

보통 남자가 더 나이가 많고, 더 물질적으로나 정신적으로 준비가 된 상황에서 결혼한다고 생각하는데 난 정반대였다. 친구들은 취업을 했니 마니, 연애를 하니 마니 하는 상황에서 임신이라니. 내가 놀란 것처럼, 친구들은 더 놀랐고, 부모님은 더더욱 놀랐다. 임신 소식을 접한 후부터 결혼까지의 과정도 여러 에피소드가 있지만 아이가 있어서인지 빠르게 진행됐다.

임산부 체험, 제가 해보겠습니다

약 10개월에 달하는 임신기간 동안 아내의 배는 계속해서
불러왔다.

신체의 변화가 계속되면서 동시에 여러 불편이 생기게 되
었다. 손과 발이 되어주고 싶어 도와줄 수 있는 부분이 있다
면 돕기 위해 노력했다. 하지만 이는 한계가 있었다. 왜냐하
면 도움을 줄 수 있는 부분은 결국 아내의 신체적 변화에서
비롯됐기에 아무리 나선다고 해도 아내의 배 속에 아기가 있
다는 사실은 변치 않기 때문이다. 팔이 부러진 사람의 가방
을 들어주고 밥을 먹여주고 씻겨주는 건 불편함을 줄여주는
행동이긴 하지만 결국 그 사람이 가진 근본적인 불편을 해결
해주지는 못한다.

임신기간 동안에는 감정의 변화가 생기기도 한다. 신체와
호르몬의 변화로 갑자기 바뀐 일상과 생겨나는 불편들. 아무

리 좋은 말로 위로와 공감을 하려 해도 아내의 상황을 100% 이해할 수 없다. 이런 상황에서 하는 말에 과연 얼마나 진정성이 담겨있을지 스스로에게 반문한다면 자신 있게 그렇다고 말할 수 없을 거 같았다. 그리고 배우자의 그런 상황을 이해하지 못하는 사람이 되고 싶지도 않았다. 아내의 현재 상황에 대해 공감할 수 있는 방법은 무엇이 있을까라고 고민했고 나의 선택은 임산부 체험이었다.

아내의 현재 몸 상태를 이해하기 위해 '임산부 체험복'을 대여했다.

처음 택배박스를 받아봤을 때 느낀 점은 이게 뭐라고 이렇게 무거울까 하는 것이었다. 체험복의 무게는 6.5kg였다.

체험복을 펼쳐보고 착용하는 과정을 보면 우스꽝스럽기까지 했다. 반면에 착용과 동시에 그 무게를 체감하게 되었는데 이게 엄마의 무게라는 생각이 들었다. 운동할 때는 20kg, 30kg도 거뜬히 들었지만 절반도 안 되는 무게의 무언가가 배에 있다는 것은 큰 압박으로 느껴졌다.

임산부 체험을 결심한 이유는 임신한 아내가 일상생활에서 얼마나 불편을 겪는지 궁금해서였다. 그래서 일상생활의 범위 내에서 할 수 있는 행동들은 최대한 해보려고 했다. 간단한 집안일인 설거지를 시작으로 실제로 체험복을 입고 2~30분 정도 거리를 걷기도 했다. 체험복을 입고 위에 후드를 입으니 그냥 배 나온 아저씨처럼 보이기도 했는데 배가 튀어나온 모습을 보니 어색함이 느껴졌다. 실제로 걷는 과정에서 아버지뻘 되는 사람이 나를 한참을 쳐다보기도 했다.

아내가 느꼈던 몸의 변화를 임산부 체험으로 조금이나마 알게 되었고 그때 느낀 점은 이런 몸 상태를 몇 달씩 유지하는데 비단 호르몬의 문제가 아니더라도 감정 변화가 생기는 것이 당연한 일이라는 것이었다. 피곤하면 조금 더 날카롭고 예민해지듯이 몸의 불편함으로 인해 감정의 변화도 생길 수 있다는 생각이 들었다.

예전에 임신 중 서러웠던 순간에 대한 글을 읽어본 적이 있다. 발톱을 깎는 것이 힘들어 눈물이 흘렀다는 에피소드가 기억에 남아 있는데 실제로 그 행동을 똑같이 해보니 당시에 그 사람이 어떤 느낌이었을지 간접적으로나마 알 것 같았다.

임산부가 잠을 잘 때 옆으로 누워서 자야 된다는 것을 알고 있었는데 임산부 체험을 하게 되면서 그 이유를 체감했다. 일단 똑바로 눕게 되면 배의 무게 때문에 편안하지 않아 잠이 오질 않았다. 산모와 아이의 건강을 위해서라도 반강제적으로 옆으로 누운 자세가 좋다고 한다. 이마저도 평상시와는 다르게 편안하지 않았다. 체험이라는 명목하에 짧게 진행했지만 이런 상태로 수개월을 보내야 한다면 아내가 힘들겠다는 생각이 들 수밖에 없었다.

몸의 변화는 태어날 아이를 위해 시작된다. 출산 직전까지도 계속된다.

비록 짧았지만 이렇게라도 아내의 상황을 이해해보려 했다. 아내와 즐거운 추억거리가 되기도 했지만, 한편으로는 직접 겪지 못해 이해하지 못했던 많은 부분을 이해하는 시간도 됐다. 아빠에게는 직접적인 신체의 변화가 생기는 게 아니라 그간 아내의 말이나 행동을 모두 이해할 수는 없었는데 조금 더 아내를 이해하게 되었고 아내에게 애정과 위로의 말을 할 수 있게 됐다.

<아빠가 전하는 육아 팁 1>

임산부 체험

임신의 과정은 온전히 여성에게만 일어나는 일입니다.

그래서 남성들에게는 배우자의 임신 중 겪는 신체적인 변화와 일상생활들의 변화가 생소하게 느껴질 때가 있습니다. 이런 간극을 메울 수 있는 방법 중 하나가 임산부 체험입니다.

임산부 체험복은 지역에 따라 보건소에서 대여를 할 수 있고 혹은 산부인과, 산후조리원에서 대여를 할 수 있습니다. 상황이 여의치 않다면 업체를 통해서 대여할 수도 있는데요. 제가 업체를 통해서 대여하여 했었습니다.

임산부 체험복의 무게는 임신 7~8개월 즈음의 형태를 띠고 있습니다. 태아와 양수의 무게를 합쳐 약 6.5kg가 됩니다. 실제로 처음 착용했을 때는 꽤 무겁다는 생각이 처음에 들게 됩니다. 군대에서 맸던 군장과는 또 다른 느낌이기도 합니다.

임산부 체험복을 입었을 때는 가급적 많은 활동을 해보기를 권해드립니다. 그것이 작은 집안일인 설거지를 시작으로 해서 밖으로 외출하는 것도 좋습니다. 저는 임산부 체험복을 입고 실제로 2~30분간 걷는 과정을 해보기도 했었는데요. 배 나온 아빠, 배 나온 엄마가 함께 밖을 거닐고 있는 모습은 주변의 시선을 받기도 했습니다.

그렇지만 이 또한 아내와의 추억이라고 생각했습니다.

그리고 이때 임신 중 하기 힘들어진 신체활동을 직접 해보는 것도 좋습니다. 책의 본문에서는 임산부는 혼자서 발톱을 못 깎는다는 예시를 다뤘습니다. 저도 실제로 해보니 '진짜 어렵구나'라고 느끼는 계기가 되었습니다. 누워 있는 자세를 해보는 것도 좋습니다. 배에 상당한 압박감이 느껴지면서 똑바로 눕기 힘들다는 것을 느낄 수 있습니다. 그리고 자연스럽게 옆으로 눕는 모습을 보게 될 텐데요. 이를 통해서 임신한 아내가 왜 옆으로 누워 있었는지를 체감할 수 있었습니다.

2. N년 차 사원이 육아휴직을 선택하기까지

아내는 출산을, 남편은 배우자 출산휴가를

아내에게도 시간이 필요합니다

맞벌이 가정은 어린이집을 언제 다닐까

어린이집을 다니게 되면서 나타나는 일들

나쁜 아빠 아닙니다, 바쁜 아빠입니다

막내가 육아휴직을 쓰겠다고 한다면

육아휴직, 제가 해보겠습니다

<아빠가 전하는 육아 팁 2>

배우자 출산휴가, 육아기근로시간단축

약 10개월가량의 임신기간이 끝나가고 출산을 앞둔 시점에 배우자 출산휴가를 신청했다. 처음에는 배우자 출산휴가란 단어도 조금은 어색했다. 일반적으로 출산휴가는 임신한 여성이 출산했을 때 사용하는 것으로 알고 있었는데 남성도 출산으로 인해 출산휴가를 쓸 수 있다는 것을 이때 알게 되었다.

내 경우에는 운이 좋은 편이었다. 출산 당시에 재직했던 회사가 육아와 관련된 복지들이 비교적 잘 준비되어 있었기에 배우자 출산휴가를 사용하는데 부담이 적었다. 오히려 다녀오는 게 당연하다고 말씀해주시기도 했고 막 출산을 경험한 아내를 옆에서 잘 도와주라는 이야기를 듣기도 했다. 육아와 관련된 제도를 처음으로 활용했던 순간이었다.

임신 전까지만 해도 남자가 육아와 관련된 휴가제도를 사용한다는 것이 아직은 현실에서 어려울 거라 여겼는데 막상 아빠가 되어보니 달랐다. 남편이 옆에 있지 않다면 아내는 혼자서 아이와 고군분투할 거다. 그 생각을 하면 말을 꺼내기 어렵다, 눈치가 보인다는 건 그저 변명에 불과했다. 회사나 사회의 눈치를 보는 순간에도 아내는 몇 시간 간격으로 밥을 먹이고 기저귀를 갈고 우는 아이를 달래주고 있을 거다. 10달 전만 해도 다른 평범한 사람들처럼 카페도 가고 여행도 계획하고 쇼핑도 하는 삶이었을 텐데 갑자기 바뀐 세계를 겪게 된 아내를 위해 나도 바뀌어야 했다.

일반적으로 출산을 하게 되면 며칠간 휴식을 취한 뒤 산후조리원에 가게 된다. 남편은 조리원에서 같이 생활하거나 주말에 방문하곤 한다. 다만 나의 경우에는 출산 당시 코로나가 한참이었던 시기여서 아기가 태어나고 난 뒤에도 유리 너머로만 쳐다보는 게 전부였다. 조리원은 아내 외의 외부인은 출입 불가였다. 그래서 실제로 아이를 1분 이상 안고 있던 순간은 조리원이 끝나고 집으로 돌아온 날이 처음이었다.

뒷좌석에는 아내와 아이를 태우고 눈이 내리던 올림픽대로를 달렸다. 처음으로 아이를 집으로 데리고 오던 길이 아직도 생생하다. 집으로 오는 과정에 혹시라도 감기에 걸릴까 꽁꽁 싸매고 빠르게 그리고 안전하게 집에 가려고 했다. 집에 도착해서는 한참을 아이를 쳐다보았다. 그때가 되어서야 얘가 진짜 내 아이라는 것이 체감되었다. 그리고 동시에 배우자 출산휴가는 시작되었다.

아내도 나도 부모가 되는 것은 처음이다. 2~3시간 간격으로 수유를 하고 또 기저귀를 갈고 아이가 울면 달래는 육아라고 부르는 일련의 과정들도 당연히 처음 겪는 일이었다. 배우자 출산휴가 동안 어떻게 하루가 흘러가는지 모르겠다고 느끼는 순간들이 더러 있었다. 특히 밤에 잠이 많은 편이라 새벽 수유가 참 힘들었다. 비몽사몽 일어나서 수유하고 트림시키고 다시 누워도 한두 시간 후에 또다시 수유가 시작된다. 게다가 엎친 데 덮친 격으로 세척된 젖병이 없기라도 한다면….

그렇게 열흘간의 출산휴가가 끝난 뒤에도 육아는 계속되었다.

솔직히 말하면 아침마다 출근하는 상황이 되면서 잠시나마 숨을 고를 수 있는 시간적인 여유가 있었다고 생각한다. 물론 퇴근 후에는 목욕을 시키기도 하고 새벽 수유와 같은 것들은 계속해서 했지만, 회사에 가는 순간 커피 마실 시간도 있고 점심시간 등 아이를 보지 않고 보낼 수 있는 시간이 생기기 때문이다.

반대로 아내의 경우에는 아침부터 내가 퇴근하게 되는 밤까지 쉼 없이 아이를 케어하기 때문에 나보다는 몇 배는 더 힘든 시간을 보냈을 것이다. 육아를 전담으로 하지 않는 편에서는 직장에서는 또 직장대로 힘든 점이 있다고 할지도 모르겠다. 그렇지만 육아와 회사생활 둘 다 해본 입장에서 육아가 직장(사회생활)보다 못 하거나 덜 힘든 일은 아니라고 생각한다.

아이의 수유 시간, 트림을 신경 쓰기도 하고 배변 상태를 고민하기도 한다. 그리고 신생아 때는 두상에 대한 신경을 쓰며 잠든 아이의 고개를 반대로 돌려주기도 한다. 그렇다고 낮잠을 자는 순간에는 숨을 돌릴 수 있을까? 수유한 젖병을 세척하고 집안일도 해야 한다. 설거지를 할 때면 시끄럽게 해서 아기가 깨진 않을지 조심조심하게 된다.

출산을 경험한 뒤에 아내들은 출산을 경험하기 이전의 신체로 돌아가고 싶다고 한다. 당시의 아내도 요가를 다니고 싶어 했다. 이야기를 아내가 꺼냈을 때 내 입장에서는 반가운 마음이 들기도 했다.

왜냐하면 운동이 기분 전환의 계기가 될 수 있다고 여겼기 때문이다. 그리고 아내에게 남편으로서 아내 없이도 육아를 해냄으로써 최선을 다하고 있다는 것을 보여줄 기회라고 생각하기도 했다.

그렇게 아내는 운동을 다니기 시작했고 매주 2~3일 정도는 1~2시간 동안 아이와 내가 둘만 있는 상황이 만들어졌다. 혼자서 아이를 보는 그 시간에 아이는 엄청나게 울었다. 돌이켜보면 아이는 태어나면서부터 엄마의 그늘에서 대다수의 시간을 보내고 있었는데 갑자기 엄마가 없는 상황이 되어버리니 당황스러움을 느꼈을 것이다. 처음 3일 정도는 계속 울고 보챘던 기억이 있다.

개인적으로 이 짧은 한두 시간 동안 '홀로 육아를 한다는 것'에 대한 책임감과 부담감을 다시 느끼게 됐다. 처음 몇 번은 아내가 빨리 왔으면 좋겠다고 생각했다. 그러다가 어느 순간부터는 아내도 이런 생각을 하면서 하루하루를 보내고 있겠다고 생각했다. 미안하면서도 고마웠다. 내가 없는 시간 동안 아내도 분명 도움이 필요한 순간이 있었을 거다. 아이가 울기도 했을 거고, 기저귀를 갈아주고 엉덩이를 닦는 일도 했을 거고, 부족한 잠을 맘 편히 잘 수도 없었을 거다. 본인의 밥을 챙겨 먹어야 하는데 아이가 있어 쉽지 않았을 거고, 결혼 전엔 가능했던 친구를 만나는 것과 쇼핑, 여행, 화장 등의 일상도 이전과 달라졌을 거다.

그래서 아내가 온전히 자신만의 시간을 보내기를 원했다.

우리는 맞벌이 가구다. 엄마와 아빠가 모두 출근하면 아이는 자연스럽게 어린이집이나 유치원에 다녀야 하는 상황이 된다. 다행히 장인, 장모님에게 등원과 하원의 도움을 받을 수 있는 상황인 우리였다. 그래서일까 비교적 순탄하게 아내의 복직과 어린이집 등원이 결정되었다.

하지만 이제 막 돌이 지난 아이를 어린이집에 보내는 결정은 사실 마음에 편치 않은 일이었다. 왜냐하면 일반적으로 애착 형성을 위해 생후 36개월까지는 집에서 아이를 보는 일도 있다고 하는데 맞벌이 가구에게는 이런 것이 허락되지 않았다. 그렇다고 어린이집이 아닌 다른 옵션이 무엇이 있을까 생각해보면 특별한 대안이 떠오르지도 않았다. 생각해보면 부모가 된 다른 누군가도 겪게 되는 일이라고 생각한다. 특히나 요즘같이 맞벌이 가정이 많아진 것을 보면 그 수가 적지 않을 것 같다.

이런 마음이 지속되는 중 어린이집 등원하기 전 며칠간 친정에 아이를 맡겨야 하는 날이 있었다. 아이를 맡기고 엘리베이터를 타고 내려가는 순간 눈물이 터졌다. 그동안은 그저 머릿속으로 미안하다고 생각했었는데 그게 터지는 순간이었다. 매일 영상통화로 아이를 봤고 일주일 만에 아이를 다시 만났다. 순간 아이가 품에 안겨서 떨어지지 않으려 했는데 당시의 기억을 지금도 지울 수 없다. 많은 생각을 하게 되는 순간이었다.

계획한 일정에 맞춰 어린이집 등원은 문제없이 진행되었다. 특별한 문제가 발생하지도 않았다. 마음속 한편에는 너무 어린아이에게 가혹한 상황이 아닐까 생각하며 미안한 감정이 앞서기도 했지만, 또 다른 한편으로는 아이에게 고마운 마음도 들었다.

왜 미안한 감정을 느꼈을까?

첫 번째는 부모와 함께 있는 것이 편하고 또 함께 있어야 하는 순간에 어린이집을 다녀야 하는 상황 때문이었다. 이제 막 돌이 지난 아이가 부모 말고 누구에게 맘 편히 기대고 안정감을 느낄 수 있을까. 부모 말고 제3자가 그 역할을 해야 한다는 상황이 싫었지만 어쩔 수 없는 선택이기도 했다. 그래서일까 미안한 감정이 더 크게 다가왔다.

두 번째는 어린이집 적응기간이라는 단어를 들었을 때다. 어린이집 적응기간이라는 단어를 처음 들었을 때 슬프게 다가왔다. 왜냐하면 나에게 어린이집 적응기간이라는 단어는 어린이집 생활의 적응이라기보다는 아이가 부모가 떨어져 있는 상황에 대한 적응으로 느꼈기 때문이다.

이 두 가지 이유 중 첫 번째는 상대적으로 현실적인 문제들과 연관되기 때문에 감정적인 요소를 배제하면 타당한 선택에 대한 반대급부의 성격을 띤다. 감당해야 하는 요소라는 것이다. 그렇지만 두 번째 이유는 다른 성격을 띤다. 한 개인의 역할보다는 아빠가 되면서 따라오게 되는 감정의 변화다. 아이를 맡기고 집에 돌아오는 길 눈물은 그쳤지만 편치 않은 마음은 계속됐다.

지금은 정말 아이가 현재 상황에 '적응'을 해서인지 어린이집에서도 즐겁게 지내는 모습을 보여주고 있다. 또 흔히 볼 수 있는 등원거부를 한 번도 하지도 않는다. 그래서 마음속으로 정말 고마운 마음을 가지고 있다. 아이와 오랜 시간을 보내지 못한 아빠인데도 잘 적응하는 모습이 대견하고 고마울 뿐이다.

흔히 아이들은 어린이집을 다니기 시작하면서 아프기 시작한다는 말을 듣곤 한다.

출산하기 전 종종 들어봤지만, 어린이집을 다니기 전에는 체감해보지 못했기에 쉽게 공감하지는 못했다. 근데 정말로 어린이집을 다니기 시작하면서 아픈 횟수가 늘어나기 시작했다.

 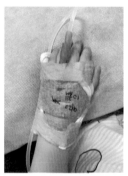

어린이집을 다니기 시작하면서 갑작스럽게 병원을 가야 하는 일이 빈번하게 발생했다. 만약 전염의 우려가 있는 것이라면 가정보육을 해야 하는 순간이 찾아오기도 한다. 맞벌이 가정이라면 여기서 큰 난관에 봉착할 것이다. 부모 중 한 명이 급하게 나올 수 있는 환경이라면 비교적 유연하게 대처할 수 있지만 그렇지 못한 경우에는 어린이집의 도움을 받아야 할 수밖에 없다. 그리고 이 순간 많은 생각들이 스쳐 지나간다.

최근 몇 년 어린이집이나 유치원에서 불미스러운 일이 있다는 소식을 들어봤을 것이다. 잊힐 만하면 한 번씩 들려와서 더 기억에 남게 되는데 그 대상이 아파서 칭얼거리는 우리 아이가 되지 않을까 하는 생각이 들었다. 특히 어린이집을 다니기 시작한 지 얼마 안 된 상황이라면 서로 간의 신뢰가 쌓여 있지 않기에 부모 입장에서는 더 많은 생각을 하게된다.

이 밖에도 아이가 등원을 거부하는 경우도 있다. 엄마, 아빠 모두 출근해야 하는 시간에 아이가 등원을 거부하는 날은 참 당황스럽다. 출근 시간은 정해져 있는데 아이는 등원을 거부한다. 또는 품에 안겨있는 아이가 부모와 떨어지기를 싫어한다. 이러한 모습을 본다면 종일 기분이 좋지 않다.

또는 등·하원 문제도 있다. 우리는 장인, 장모님께서 등·하원에 도움을 주셨지만 사실 죄송하고 마음이 무거웠다. 괜한 부탁을 하게 되는 것 같기도 하고 도와주는 입장에서도 아이가 다치거나 아프지는 않을까 하는 부담감을 느끼게 될 테니 말이다. 요즘에는 '황혼육아'라는 단어를 종종 접하기도 하는데 관련된 내용을 보다 보면 조부모님께 아이 돌봄을 도와달라는 말을 꺼내기 어려운 현실을 접하기도 한다. 이제 막 자녀들을 시집, 장가 다 보내고 쉬면서 나름의 노후를 보내고 있는 분들에게 도움을 요청하는 것을 쉽게 입 밖으로 낼 수 있는 사람이 얼마나 있을까.

만약 이러한 도움을 받을 수 없는 환경이라면 비용을 지불하면서까지 누군가의 도움을 받는 모습도 볼 수 있다. 물론 시댁 혹은 친정의 도움을 받을 수 있는 환경이라면 보다 유연하게 대처할 수 있겠지만 사실 그렇지 않은 경우가 더 많은 것이 현실이다. 현재까지도 아이는 부모의 손길이 필요한 순간이 찾아온다. 만약 외벌이였으면 좀 나아졌을까 하는 생각이 들기도 하지만 현실을 고려한다면 수입이 줄어드는 건 큰 리스크를 가지고 있다고 생각한다.

아내와 나 그리고 아이가 한 공간에 있을 때 아이가 내 품
에 있기를 거부하곤 했다. 태어나서 어린이집에 가기 전까지
아내의 출산휴가, 육아휴직까지 상당한 시간을 아이는 엄마
와 보내왔기 때문이라고 여긴다. 생각해보면 당연한 결과다.
동시에 섭섭한 마음이 들지 않았다고 하면 거짓말이다. 그래
서였을까, 이렇게 표현하는 게 맞을지 모르겠지만 아이의 사
랑을 받기 위해서 더 열심히 했던 것 같다.

퇴근 후에 아이의 목욕은 가급적 직접 하려 했었고 놀이와
수유에도 적극적이었다. 그리고 아이가 거부하지 않는 한 최
대한 많이 안아주려고도 했다. 어린아이한테 아빠라는 개념
이 있을지 모르겠지만 적어도 나라는 사람이 낯선 존재로 여
기지 않았으면 하는 마음이었다.

이러한 행동들은 종일 아이를 보는 아내의 부담을 덜어주기 위한 목적도 있었다. 출산 이후 아내들이 산후우울증을 겪는다는 이야기를 들었던 적이 있다. 아내는 그런 감정을 느끼지 않기를 바랐다. 그렇지만 회사생활을 하다 보면 제시각에 맞춰 나오기 힘든 경우도 종종 있다. 특히 그때 재직 중이던 회사는 매월 한 번씩 큰 회의를 했었는데 그 자료를 만들기 위해 밤 10시에 퇴근하기도 했다.

자주 있는 일은 아니지만 이럴 때면 바쁜 생활을 하는 것이 아이에게 시간을 할애하지 못하는 나쁜 아빠가 되는 것 같은 느낌을 받았다. 엄마, 아빠라는 것을 넘어서 회사생활과 육아를 함께하고 있는 그 누구라면 한 번씩 겪게 되는 감

정이 아닐까.

이후에 이직을 하게 되면서 육아기 근로시간 단축과 유연근무제를 사용할 수 있게 되면서 아빠로서 책임을 다하고, 아내에게는 조금 더 도움이 될 수 있었다. 유연근무제를 통해 7시 30분 출근, 16시 30분으로 출퇴근 시간을 조정할 수 있게 되었고 퇴근하면서 아이의 하원을 맡게 되었다.

그렇지만 어떻게 모든 일이 계획했던 방향으로 흘러갈까, 이후에 시간이 지나면서 등·하원을 아내와 내가 해결해야 하는 상황이 되면서 육아휴직을 고려하게 되었다.

남성이 거기에 회사에서 막내라면 육아휴직을 입 밖으로 꺼내는 것이 어렵게 느껴질 수 있다. 게다가 팀장, 부서장, 임원까지 올라가는 보고 체계는 부담스럽기 그지없다. 미디어를 통해서 접했던 남성들의 육아휴직에 관한 이야기는 긍정적인 요소로 가득했지만 실제로는 다소 무겁고 꺼내기 어려운 주제에 속한다고 느꼈던 나였다.

그렇지만 나는 예전부터 육아휴직을 꼭 사용해야겠다는 생각이 있었다.

임신과 출산을 겪기 전부터였다. 다만 문제는 언제 사용해야 할지, 시점이었다.

내가 자라오던 환경에서는 부모님 모두가 회사생활을 해

서 같이 보내는 시간이 상대적으로 적었다. 그런 환경에서 자랐기 때문일까. 예전부터 부모가 된다면 아이와 함께 많은 시간을 보내고 싶다는 생각을 해왔었다. 그래서 육아휴직을 사용해야 하는 상황이 닥쳤을 때 큰 고민 없이 육아휴직을 선택했다.

육아휴직을 해야겠다고 결심한 순간부터 당시 팀장님에게 이 말을 언제 어느 타이밍에 꺼낼지 계속 눈치를 봤다. 입사순으로도 팀에서 막내였고 나이로도 막내였는데 그래서 조금 더 입 밖으로 꺼내기 어려웠던 것 같다.

육아휴직에 대한 이야기는 팀장님과 외부 출장하는 업무 중 점심식사 자리에서 처음 하게 되었다. 생각보다 흔쾌히 얘기를 들어주셨고 또 당연히 다녀오라는 말씀도 해주셔서 안도의 한숨을 내쉬었다. 그 이후의 과정은 순탄하게 진행되었다. 관련된 서류작업을 진행하고 업무 인수인계를 위한 작업도 동시에 진행되었다.

며칠이 지나 부서 사람들에게 내가 육아휴직을 신청했다는 소식이 퍼졌다. 잘 다녀오라는 말과 결혼과 육아에 대한 좋은 말씀들을 많이 해주셨다. 그러다가 나이 차이가 얼마 나지 않은 선배에게서 처음으로 약간의 부정 섞인 반응을 봤다.

'네가 왜?'

그 선배의 반응을 보고 순간 어떤 반응을 보여야 할지 고민했었다. 어린이집 등원에 문제가 생겨서 육아휴직을 해야 하는 상황이 되어버렸다고 단순하게 말하면 되는 것인데 내가 잘못된 선택을 한 것인가 하는 생각이 스쳤다. 돌이켜보면 그 선배는 미혼이었고 또 30대에 막 접어든 남성이라면 회사생활의 방향이 위로 향해야 하는데 나의 선택은 옆으로 가는 선택이었기에 그런 반응을 보이지 않았을까 추측해본다.

처음으로 약간 부정이 섞인 반응을 보면서 많은 생각을 하게 됐다. 이게 한 사람의 반응일 수도 있지만 회사의 입장에서 나를 바라보는 시각일 수도 있을 것이다. 기업은 어찌 되었든 이익과 효율성을 추구하는 집단이다. 조직구성원의 육아휴직이라는 선택은 회사가 추구하는 방향과 반대되는 부분이 있다. 기업 입장에서는 몇 년간 훈련시켜 업무를 잘 수행하던 직원이 사라진 상황이다. 채용이라는 번거로운 과정을 한 번 더 해야 하고, 대체자가 회사에 적응하는 시간도 필요하다. 대체자가 무난히 잘 적응하고 업무를 수행하면 다행이지만 업무를 잘 못해낼 수도 있고, 회사의 분위기를 바꿀 수도 있다. 잘해야 본전, 못하면 큰 손해인 거다. 물론 기업의 운영방식에 따라 이러한 입장 차이를 적절히 조화해내는 곳도 분명히 있을 거다.

그렇게 1년간의 육아휴직은 시작되었다.

다수의 부모들이 육아휴직을 선택할 때 가장 현실적인 고민은 아무래도 경제적인 문제라고 생각한다. 정부에서 지원하는 육아휴직 급여가 있지만 월급의 절반도 미치지 않는 수준이다. 1년간의 경제적인 공백은 가정을 유지하는데 고려하지 않을 수 없다.

반면 긍정적으로 생각할 부분도 많았다. 전체 인생을 두고 봤을 때 휴직기간 1년 동안의 재정적인 공백은 극히 일부분에 불과하다. 또 1년 동안 아기와 시간을 보내면서 형성되는 관계는 계속해서 이어진다. 그리고 아기와의 관계, 추억과 같이 어린 시절 기억 속 남아있는 부모의 모습은 재정적인 공백과 비교해도 그 이상의 가치가 있다. 이렇게 생각했더니 휴직 선택을 조금 더 명쾌하게 결정할 수 있었다.

물론 어떤 선택을 하게 되더라도 반대급부로 따라오는 것이 있기 마련이다. 육아휴직의 경우에는 복직 후 달라질 수 있는 업무 환경이나 적응에 대한 문제가 생길 수 있다. 다만 이런 부분들은 극복할 수 있는 영역이다. 이 밖에도 1년 동안 나의 커리어에 대해서도 한 번쯤 돌아볼 수 있겠다고 생각했다.

또 다른 이유도 있었다. 아내의 커리어다.

여성의 사회 진출이 이제는 남성 못지않게 일반화되었다. 오히려 남성보다 업무능력과 효율이 좋은 경우도 많다. 이는 임신과 출산을 경험한 여성 역시 마찬가지다. 임신과 출산 그리고 육아가 아내의 커리어에 오점으로 남지 않기를 바랐다.

어찌 됐든 누군가의 엄마, 아내이기 전에 한 사람으로서의 인생이다.

그 인생의 과정에서 임신과 출산 그리고 육아가 본인의 하고자 하는 바를 이루는데 더 열심히 할 수 있게 하는 동기부여, 원동력이 돼야 하지 반대로 방해의 요소가 되면 안 된다고 생각한다. 그리고 현실적으로 여성의 출산 이후의 회사생활은 기존과 다른 모습을 상대적으로 빈번하게 볼 수 있는데 남편의 육아휴직이라는 선택이 도움이 되길 바랐다.

[배우자 출산휴가]

　　남성근로자의 육아 참여를 활성화함으로써 여성근로자의 양육 부담 경감과 맞돌봄 문화를 조성하기 위해 만들어진 법정휴가입니다. 남성 근로자가 배우자의 출산을 이유로 휴가를 신청한다면 10일의 유급 휴가를 사용할 수 있습니다. 배우자 출산휴가는 출산한 날로부터 90일 이내 신청해야 하며 1회에 한하여 분할 사용이 가능합니다.

　　일반적으로 출산과 동시에 조리원을 가는 과정을 거치기 때문에 남편이 배우자 출산휴가를 사용하는 시점은 대개 아내와 아이가 집에 오는 날부터 시작하게 됩니다. 아빠들에게는 이때부터가 본격적인 육아의 시작이라고 볼 수 있습니다.

첫날부터 새벽 수유를 하고 또 아이를 씻기는 일과 같은 육아라고 부르는 일련의 과정이 시작됩니다. 이는 연습과정이 없습니다. 저 역시도 마찬가지였고요. 실제상황과 부딪히는 일들의 연속입니다. 그렇기 때문에 휴가기간을 적극 활용해서 최대한 육아와 관련된 많은 경험을 해보는 것을 권해드립니다. 이는 앞으로 겪을 수 있는 다양한 상황들을 위한 준비가 될 수 있습니다.

*배우자 출산휴가와 관련된 대표적인 궁금증들

Q. 배우자 출산휴가를 사용할 때 공휴일과 주말이 포함되나요?

A. 10일간의 휴가는 영업일(평일)을 기준으로 산정됩니다. 그래서 배우자 출산휴가 10일을 사용한다면 실제로는 주말을 포함하여 2주 동안의 출산휴가를 보내게 됩니다.

Q. 정규직이 아닌 고용형태에도 배우자 출산휴가 사용이 가능한가요?

A. 계약직, 파견직, 비정규직 등 근로형태와 근속기간 여부없이 배우자의 출산이라는 이유라면 누구나 사용할 수 있습니다. 다만 일용직 근로자의 경우에는 사용이 어렵습니다.

Q. 법정혼인상태가 아니어도 배우자 출산휴가 사용이 가능한가요?

A. 고용노동부 행정해석에 따르면 법률혼과 사실혼의 배우자 모두를 포함합니다. 다만 사실혼의 경우 이를 증빙하기 위한 별도의 서류제출을 요청받을 수 있습니다.

[육아기 근로시간 단축]

육아기 근로시간 단축은 만 8세 이하 또는 초등학교 2학년 이하의 자녀를 양육하기 위해 일하는 시간을 유연하게 조정할 수 있는 제도를 말합니다. 사용할 수 있는 기간은 자녀 1명당 1년입니다.

단축근무를 허용하여 시작하게 되었다면 근무시간은 주당 15시간 ~35시간 이내로 해야 되는데요. 이를 환산하면 일 근무시간은 최소 3시간에서 최대 7시간을 의미합니다. 그리고 근로시간 단축을 신청해 승인이 되었다면 최소기간이 3개월이라는 점은 신청 전 꼭 고려해봐야 할 사항입니다.

육아휴직 사용 후 잔여기간이 있다면 육아기 근로시간으로 대체하여 사용할 수 있습니다. 예를 들어 육아휴직 1개월을 남기고 복직했다면 육아기 근로시간 단축을 모두 사용한 뒤에 남은 육아휴직 잔여기간 1개월을 육아기 근로시간 단축으로 사용할 수 있습니다.

Tip
유연근무제, 탄력근무제

[유연근무제]

근로자의 여건에 따라 근로시간이나 형태를 조절할 수 있는 제도를 말합니다. 현실적으로는 출퇴근시간을 조절하는 용도로 많이 사용하게 됩니다. 육아를 하고 있는 분들에게는 어린이집 등·하원을 위해 사용하는 모습을 볼 수 있습니다. 저는 유연근무제를 활용해서 7시 30분 출근, 16시 30분 퇴근을 할 수 있었는데요. 이때 아이의 어린이집 하원을 맡아 했습니다.

[탄력근무제]

비슷한 맥락의 업무 형태로 탄력근무제가 있는데요. 이는 다른 취지의 성격을 가진 단어입니다. 탄력근무제는 주당 평균 근로시간 52시간을 맞추는 것이 포인트인데요. 업무가 많은 날에는 근무시간을 조금 더 늘리고 반대로 적은 날에는 업무시간을 줄여서 주 52시간을 맞추기만 하면 됩니다. 보통 프로젝트 단위의 업무를 하는 사람들이 탄력근무제를 하곤 합니다.

3. 1년 동안
주부가 되기로 한 아빠

집안일, 생각보다 어렵더라고요

내가 먹는 것처럼 할 수 없는 아기 밥 먹이기

의사소통이 되지 않을 때면

다양한 경험과 스스로 할 수 있는 것들

이유 있는 방구석 여포

엄마, 아빠와 떨어지기 싫어하는 아이를 볼 때면

아빠의 육아휴직으로 얻게 되는 것들

주 양육자 아빠입니다

<아빠가 전하는 육아 팁 3>

육아휴직

집안일, 생각보다 어렵더라고요

아내는 매일 설거지를 할 때마다 가스레인지를 닦는다. 반대로 나는 그 정도는 아니다. 아예 안 닦는 건 아니지만 매일 하는 리스트에 있지는 않다.

우리가 생각하는 집안일을 나열해보라고 하면 대표적으로 떠오르는 것들이 있다. 빨래, 설거지, 청소, 밥 준비가 대표적이다. 결혼하기 전부터 자취도 해보고 또 본가에서도 집안일을 계속해서 해왔기 때문에 어렵게 다가오지도 않았고 특별한 거부감 또한 없었다.

동시에 육아휴직을 하게 되면서 예전과 다르게 내가 주가 되어 하는 집안일의 비중이 커지게 되면서 생각해 본 것이 있다. 남자가 집안일을 하는 것에 있어서 왜 어려움을 느끼는가에 대해서다. 내가 내린 결론은 배우자가 원하는 스타일을 유지하는 게 어려워서인 거 같다.

스타일이라고 단어에는 많은 것들이 함축되어 있는데 대표적으로는 청결도가 있다. 위에 사례처럼 나는 가스레인지를 닦지 않아도 괜찮다. 하지만 아내는 다른 게 다 잘 되어 있어도 가스레인지가 더럽다면 상대적으로 집안일을 덜 했다고 생각할 수 있다. 서로 다른 둘이 살게 되면서 서로 다른 행동 양식과 기준이 부딪힌다.

이 밖에도 정리 방식, 어디까지가 청소의 영역인지 등이 있을 수 있다. 실제로 해보게 된다면 이러한 생활방식에 차이가 크다는 것을 알 수 있게 되고 평소에는 체감하지 못했던 부분들이 눈에 들어오기 시작한다. 물론 없을 수도 있지만 그런 경우라면 운이 좋은 편이 아닐까. 대부분은 조금씩이지만 차이가 있다.

결혼을 한다는 것은 상대방과의 삶을 맞춰가는 과정의 연속이라는 이야기를 종종 듣곤 한다. 경험한 바에 따르면 이는 집안일에도 동일하게 적용된다.

내가 먹는 것처럼 할 수 없는 아기 밥 먹이기

결혼하기 전에는 정말 배가 극도로 고픈 것이 아니면 잘 챙겨 먹는 스타일이 아니었다. 먹더라도 무언가 요리해서 먹기보다는 간단하게 반찬을 덜거나 사 먹는 경우가 많았다. 게다가 설거지할 것을 줄이기 위해 가능하면 한 접시에 해결할 수 있도록 먹었다. 마치 학교의 급식이나 군대의 식판처럼 먹고 치우기 간편한 걸 선호했다. 요리에 엄청난 열정이나 애정이 있지 않은 사람이면 나 같은 경우가 많을 거다.

근데 결혼하고 아기가 이유식을 하게 되면서 다른 일이 펼쳐졌다. 분유를 먹는 시기에는 시간에 맞춰 분유를 주는 것으로 상대적으로 간단하지만, 이유식이 시작되고 유아식으로 넘어가게 되면서부터는 또 다른 세계가 시작된다.

혼자 먹을 때와는 다르게 채소, 고기, 생선 등 골고루 먹이기 위해 식재료 선택에 대한 고민이 생기기 시작했다. 그리고 조리하는 과정에는 간을 어떻게 해야 하는지 또 씹고 삼키는 것이 어려운 아이를 위해 잘게 자르는 과정도 추가된다. 이러한 과정들이 나에게는 새로운 경험이었다.

이러한 과정을 단순화해서 해결하려고 했다. 일단 아기가 먹는 것과 동일한 메뉴를 먹었다. 별도로 부모가 먹는 음식을 따로 만들면 일이 두 배로 늘어나기 때문이다. 이렇게 하면 설거짓거리가 줄기도 한다. 개인적으로 이러한 방법이 꽤 효과가 좋았다고 생각하는데 부모가 아이와 동일한 밥을 먹다 보니 그 모습을 보고 아이도 비교적 거부 없이 쉽게 받아먹었던 것 같다.

　사실 나는 요리와 거리가 먼 사람이었다. 밥을 짓거나 냉동 제품을 구워서 먹는 것 정도가 할 수 있는 요리의 전부였다. 그래서 아기의 밥을 직접 만들어서 먹인다는 게 처음에는 상당한 부담이었다. 그래서 평소에는 보지도 않는 요리 유튜브를 본다거나 다른 사람들은 아기 음식으로 어떤 것을 먹이고 있는지 참고를 정말 많이 했다. 사실 아직도 아기 밥을 만들어서 먹이는 것에 고민이 많다. 최대한 다양한 음식을 맛보여주고 싶고 또 골고루 먹이고 싶다는 생각이 있기 때문이다.

의사소통이 되지 않을 때면

아이와 시간을 보내다 보면 쌍방향으로 의사소통이 되지 않는다는 것에 아쉬움을 느낄 때가 있다.

가장 가까운 예시를 찾아본다면 아이와 놀아줄 때가 아닐까.

아이들의 체력은 무한에 가깝다. 지치지만 지친 티가 나지 않는다는 것이 조금 더 정확한 표현인 것 같다. 언젠가 오기가 생겨서 아이 스스로 지쳐서 그만 놀고 싶다는 말을 하게 하고 싶었던 적이 있다. 그래서 정말 오랜 시간 밖에서 시간을 보내고 집에 돌아와 지쳐서 잠깐 누웠는데 아이를 지치게 하려고 했던 내가 그 자리에서 바로 잠들었던 기억이 있다.

대부분은 아빠의 패배지만 가끔은 아이가 정말 지칠 때도 볼 수 있다. 외출하면서 돌아오는 길에 스르르 잠드는 아이의 모습을 볼 때인데 그럴 때면 잘 놀았던 아기가 사실은 피곤했다는 걸 알게 되곤 한다. 이럴 때면 피곤할 때면 피곤하다고 말해주면 좋겠다는 의사소통에 대한 생각을 하곤 한다.

말을 하지 못하고 손짓, 발짓 그리고 울음으로 본인의 의사를 전달하는 모습을 보고 어떤 요구사항인지 파악을 못 할 때면 아이도 답답하겠지만 도움을 주지 못하는 나도 답답함을 느끼곤 한다. 이런 상황을 예상했던 걸까. 앞서 이야기했듯이 아이와 쌍방향으로 의사소통이 되는 날을 고대했던 것 같다.

우리 아이는 상대적으로 말이 조금 늦게 트이기 시작했다. 일반적으로 생후 24개월이 되는 시점에는 말을 할 수 있게 된다고 하는데 이때까지도 말이 트이지 않아 걱정했던 기억이 떠오른다. 나와 아내는 상대적으로 아이와 시간을 많이 보내며 성장 과정을 지켜보고 있기에 곧 말을 하겠다고 여겼지만, 주변에서 하는 말을 듣다 보면 정말 상담을 받아야 하나 싶기도 했다.

아이마다 성장속도가 다르기에 우리 아이가 말이나 다른 행동이 늦어질 수도, 빨라질 수도 있는 건 당연하다. 다만 주변에서 여러 이야기를 듣다 보니 괜히 신경이 쓰였다. 그래서 어린이집 선생님께 수차례 우리 애가 말이 느린 것인지 그렇다면 상담이 필요한 것이 아닌지 물어보기도 했다. 이제 와서 말하는 것이지만 미안하게 아이와 주변의 다른 아이를 비교하며 괜한 걱정으로 시간을 보냈던 것 같다.

시간이 지나 현재는 아이와 어느 정도 의사소통이 가능하게 되었다. 예전보다 수월하게 아이가 요구하는 바를 알 수 있게 되어 조금은 편해졌다. 약간의 의사소통이 되는 것과 함께 아이가 말을 하면서 또 재미있는 일들도 있다. 이따금 아이가 상상하지 못한 표현을 할 때가 있는데 이를 지켜보는 부모는 웃음이 나기도 한다.

예전에 봤던 한 미드에서 재밌는 장면이 있었는데 요즘 똑

같은 상황을 겪고 있다.

아이가 어떠한 질문이나 문장에서 '왜'라고 물음을 하기 시작한 것인데 부모의 입장에서는 당연해야 하는 일들이 아이의 입장에서는 이유가 궁금한가 보다. 가끔 TV에서 아이의 왜병을 그런 걸 뭐 하러 묻냐고 다그치는 행위를 봤기에 아이가 기죽지 않고 호기심을 가질 수 있도록 처음에는 하나씩 설명해 주기 시작했다. 충분히 설명했다고 생각해도 아이는 끊임없이 되물어서 가끔은 장난을 치는 건가 싶기도 했다.

가끔은 당연하다고 생각한 것들을 물을 때도 있어서 당황스러울 때도 많다. 카시트에 앉아야 한다는 말에 아이가 왜라고 물어서, 안전하기 위해서라고 했더니 왜 안전하냐고 물었다. 사고가 날 수도 있으니 안전이 중요하다는 말에 또 왜냐고 물었다.

화장실에 갈 때면 '왜요?'라고 묻는다. 난 배가 아프다고 답한다. 화장실에 잠깐 앉아 있으려고 하면 들어간 지 1분도 채되지 않는데 문을 벌컥 열고 들어와서 '뭐해?'라고 또 묻는다. 그리고 금방 나간다고 잠깐만 밖에 있으라고 하면 같이 있겠다고 하는 모습을 지금도 자주 본다.

이따금 부모를 당황하게 만들 때도 있다. 어느 날 하원하면서 하늘과 이쁜 구름이 있던 날이었다. 하늘이 낮에는 파란색이고 밤에는 검정색이라고 알려주기 시작하면 또다시 물음이 시작된다. 이게 우리에게는 당연한 일인데 아이한테는 당연한 물음일 수 있다. 근데 하늘이 왜 파란지 설명할 수 있는 사람이 얼마나 될까. 난 못 한다.

개인적으로 아이의 이런 물음들의 연속을 긍정적으로 본다. 그리고 이런 대화가 즐겁다. 아이가 나를 답을 줄 수 있는 대상이라고 여기고 있다는 점이 좋다. 앞서 언급했지만 내 품에 안겨있을 때면 울던 아이였는데 이제는 본인의 궁금함을 해소해주는 사람이 되지 않았는가. 기쁘다. 이따금 아빠가 답할 수 없는 영역이라면 찾아서 답변해주기도 한다.

사람이 처음에는 무엇인지가 궁금하게 되고 다음에는 이유를 궁금하게 되는 걸 생각해보면 아이의 발달과정도 성인과 다를 바가 없다고 생각할 때가 있다. 이를 보면서 아이도 성장하고 있다는 걸 느끼기도 한다.

다양한 경험과 스스로 할 수 있는 것들

아이에게 보다 다양한 경험을 시켜주는 게 중요하다는 것에 많이 공감할 것이다. 아이가 어린 경우라면 키즈카페나 공원산책 정도도 새로운 경험일 수 있지만 일상에서 할 수 있는 걸 아이와 함께 하는 게 아이의 사회화에 도움이 된다고 생각한다. 한 번은 아이를 데리고 버스를 같이 탔다. 지나가면서 보거나 장난감으로 가지고 노는 것 정도였지 실제로 탑승해본 적이 없었다.

이동할 일이 있으면 대부분 자동차를 이용했지만 버스카드를 찍고 자리에 앉아 다른 사람이 탑승하고 하차하는 걸 보는 것도 아이에게는 새로운 경험이 될 수 있겠다고 생각했다. 실제로 아이는 탑승하는 것도 신기해했고 사람이 타고 내리는 광경도 한참을 구경했다. 뒷자리에 있는 언니에게 먼저 인사를 건네기도 했다.

또 어느 날은 혼자서 바구니를 들고 먹고 싶은 걸 담아 계산대에 바로 올리기도 한다. 부모가 바구니를 사용하는 모습을 보여준 적이 없는데 다른 손님들이 사용한 걸 보고 익혔던 것 같다. 이때 아이들의 학습능력이 대단하다고 느꼈다. 심부름을 부탁한 일도 기억에 남는데 장바구니를 주고 케첩을 사달라고 했는데 마트에 가는 도중 케첩을 까먹지 않으려는지 혼자서 말하는 모습을 보기도 했다.

숨바꼭질 같은 놀이도 아이와 하기 좋은 놀이다. 단순하게 미끄럼틀을 타거나 그네를 타는 것이 아니라 일정한 규칙을 습득하고 이에 맞게 행동해서 같이 노는 느낌을 받을 수 있다. 아이들은 초등학생만 되어도 규칙을 습득하고 새로운 규칙을 만들어 논다고 하는데 조금씩 그 시기에 가까워지는 것 같기도 했다.

대개 다양한 경험이 무엇이라고 물으면 평소에 가지 못하는 장소에 방문하거나 혹은 특별한 체험을 떠올리는 경우가 많다. 그렇지만 내가 생각하는 다양한 경험의 보다 본질적인 의미는 다채로움보다는 아이가 보고 느끼는 과정에 의미를 두어야 한다고 생각한다.

아이가 성장하면서는 어느 순간부터 아이가 집안일을 스스로 같이하려는 모습을 보이기 시작했다. 가장 처음 보게된 것은 청소할 때였는데 바닥을 닦고 있는 순간 갑자기 자기도 하겠다고 청소도구를 가져왔다. 당시에는 기특한 마음에 가져온 청소도구를 손에 쥐여주고 따라 해보라고 했다. 부모를 따라하려고 했었는지 아빠를 도와주려고 했었는지 알 수 없지만, 처음으로 하려고 했던 의지를 표현했기에 그때의 기억이 선명하다.

이후에 집안일을 하려는 범위가 늘어나게 되었다. 빨래를 개는 순간이었는데 갑자기 수건 하나를 집어서 어른이 접는 것처럼 똑같이 접으려고 했다. 빨래를 널 때면 옆에 와서 같이 널기도 했다.

우연히 매체를 통해서 아이가 사회의 최소 단위인 가정에서부터 집안일을 경험해보는 것이 협동심과 자립심을 배우는 기회가 된다는 것을 본 적이 있다. 처음에는 단순하게 아이가 엄마, 아빠를 도와주기 위해 혹은 행동에 흥미를 느껴 같이 집안일을 한다고 생각했다. 거기에 특별한 의미를 두지 않았었다.

그런데 이러한 과정을 돌이켜보면 정말로 협동심과 자립심에 도움이 될 수 있겠다고 느끼곤 한다. 처음에 빨래를 개거나 너는 것을 똑같이 해낼 때 놀라서 엄청나게 칭찬했다. 이러한 과정이 아이한테 자립심을 심어줄 수 있는 계기가 될 수도 있겠다고 돌이켜보게 되었다.

현재까지도 청소나 빨래, 요리를 비롯한 집안일을 함께 하거나 경험하게 해주는 일이 있다. 아기가 성장하면서 조금씩 '내가 할게.'라는 말을 듣게 되는 빈도수도 늘어나기 시작했다. 아이의 교육에 대해서 조금만 찾아보면 자립심에 관한 이야기를 많이 듣게 된다. 나 역시도 스스로 무언가를 하려는 의지를 긍정적으로 생각하는 편이다. 부모의 역할은 결국 조력자에 불과하다고 생각한다. 아이의 인생을 부모가 대신 살아줄 수 없지 않은가.

집안일을 같이 하는 것이 직접적인 원인이라고 단정 지을 순 없지만 일정 부분 도움이 된 거 같다. 왜냐하면 집안일을 같이하며 잘했다고 칭찬받는 과정을 통해서 아이 스스로 무언가를 하게 만드는 원동력이나 동기부여가 된 것 같기 때문이다. 실제로 수건 접는 것을 몇 번의 실패 끝에 성공했을 때 내가 더 신나서 아이한테 엄청나게 칭찬했었는데 그때 아이와 마주보며 함께 웃었던 기억이 있다.

집안일이 사회화나 자립심을 기르는 데 도움이 되지 않을까 막연하게 생각했는데 실제로 많은 육아전문가들이 집안 일을 아이에게 시키는 걸 권한다. 요즘에는 할 수 있는 행동 의 범위가 넓어지면서 다른 것들도 시작하게 되었는데 설 거지와 요리가 있다. 아이에게 의자를 주고 싱크대 앞에 서 서 아빠처럼 설거지를 해보라고 했는데 그 일을 꽤 잘 해냈 다. 물론 물병과 아이포크 정도라 대단하다고 할 순 없다. 그 렇지만 설거지라는 행위를 이해하고 직접 행동으로 할 수 있 다는 게 신기하고 또 인격체로 성장해간다는 걸로 느껴졌다. 그때 아이의 물병은 건조대 아래에 포크는 위에 두는 걸 보 고 또 한 번 놀랐다. 아이와 관련된 물건은 건조대 위에 그 외의 것은 아래에 두고 있는데 그걸 따로 알려주지 않았는데 분리해서 넣은 것이다.

오늘부터 아빠입니다

아이의 밥을 할 때면 식재료를 자르는 것을 보여주고 직접 잘라보는 것을 권해보기도 한다. 그리고 실제로 장난감 칼을 가지고 재료를 잘라서 가져오기도 한다. 이렇게 잘라진 재료를 조리하여 직접 먹어보기도 한다. 그리고 이렇게 부모와 함께 만든 음식을 같이 먹으며 요리에 일정 부분 기여하고 도움이 되어 고맙다는 의사표현을 한다. 이렇게 가정에서 느낄 수 있는 긍정적인 경험을 통해 앞서 언급한 자립심이라는 것을 가지게 되지 않을까.

성장하는 아기를 보다 보면 이따금 짜증을 내는 모습을 보게 된다. 반대인 경우도 있겠지만 우리 아이는 혼자서 할 수 있는 행동들의 범위가 늘어나면서 의지대로 무언가 되지 않을 때 짜증을 내는 모습도 같이 늘어났다.

어느 순간 어린이집에서도 이럴 수 있겠다는 생각이 들었다. 만약 그렇다면 아이에게 적절한 훈육이 필요하겠다고 생각했다. 왜냐하면 이러한 모습이 계속된다면 다른 친구들에게 피해가 갈 수 있고 또 어린이집 선생님들이 다른 아이들을 돌보는 과정에도 방해가 될 수 있기 때문이다.

어린이집 선생님에게 물어봤는데 집에서와는 상반되는 모습이라는 사실을 알게 되었다. 단편적으로 어린이집에서는 혼자서 밥을 잘 먹지만 집에서는 누군가가 먹여줘야 먹는다. 그리고 엄마, 아빠와 있을 때면 상대적으로 짜증을 낼 때가 많다. 흔히 말하는 '방구석 여포'가 떠오른다. 사회에서는 자신의 의견을 말하거나 사회적 행동을 못 하지만 부모에게는 편하게 혹은 무례하게 하는 사람을 일컫는 표현이다.

이 얘기를 듣고 한동안 고민을 했다. 그리고 지금까지 어떻게 아이를 대해왔는지 아이의 입장에서도 생각해봐야겠다는 필요성을 느꼈다. 부모의 입장에서는 잘 다니고 있는 어린이집이나 유치원이지만 아이에게 어떠한 스트레스가 있을 것이라고 예상하긴 했다. 다만 실제 생활하는 아이에게 직접 듣질 못하니 행동으로 유추할 뿐이었다.

어린이집에서 얌전한 행동을 보이는 이유가 '어떻게 하면 관심과 사랑을 받을 수 있는지를 파악하고 행동하기 때문'일 수 있다는 글을 본 적이 있다. 아이 나름의 사회생활을 하는 것이라고 생각하면 이해가 빠를 것 같다. 그래서 하원 후에는 보다 친밀감이 있는 부모를 만나 긴장을 놓게 되면서 쉽게 짜증을 내는 것이라고 했다. 아이가 부모 앞에서는 본인의 솔직한 의사표현을 하게 된다는 것이 글에서 말하는 포인트였다.

아이가 어린이집에서 누군가와 부대끼며 하는 생활에 스트레스를 느낄 수 있겠다고 생각하긴 했다. 그렇지만 이런 방향으로는 생각을 해본 적이 없었다. 당시에는 당황해 한동안 고민하기도 했다. 왜냐하면 조금만 나쁘게 해석한다면 아기가 눈치 보는 생활을 한다는 걸로 다가왔기 때문이다. 어린이집이나 유치원에서 아기에게 즐거운 일만 있기를 바라는데 눈치를 본다니 너무 슬프지 않은가.

반대로 조금 긍정적으로 해석해본다면 부모를 본인이 느

끼고 있는 감정을 그대로 받아줄 수 있는 대상으로 인식한다고 생각할 수 있을 것 같다. 그렇지만 결국은 아이가 스트레스를 받는 상황이라고 생각이 들기에 안타까움이 공존하는 상황이다.

이때부터 아이를 대하는 방법을 조금씩 바꾸었다.

무언가 스스로 할 때 잘 안돼서 짜증이 난다면 도움을 요청해 보라고 말해주기 시작했다. 아이가 스스로 나서서 무언가를 하는 건 대견한 일이지만, 잘 안될 때마다 주변에 짜증을 내면 가정에서도 사회에서도 좋지 않기 때문이다. 하지만 주변에 도움을 요청하는 건 주변과의 긍정적 상호작용이다. 그 대상이 부모가 될 수도 있고 어린이집이라면 선생님이나 친구가 될 수 있다.

엄마, 아빠와 떨어지기 싫어하는 아이를 볼 때면

아이는 어린이집에 잘 다니는 편에 속한다. 특별히 거부를 표현한 적도 없어서 마음 한편으로는 미안함과 고마움이 공존하고 있다. 다만 아주 가끔이지만 등원하면서 품에서 떨어질 때 울면서 헤어지는 일이 있다. 이렇게 아이를 맡기고 돌아설 때마다 나는 꼭 생각을 정리하곤 한다.

행복의 가치관과 기준이 되는 것은 사람마다 모두 다르다. 그리고 행복과 연관 지을 수 있는 카테고리가 많은데 물질적인 부분에 대해서만 말해보려 한다. 금전적인 부분과 행복이 정비례의 관계는 아니지만, 반비례의 관계는 더더욱 아니라고 생각한다. 적어도 수단으로서의 역할은 현대사회에서 부정할 수 없는 진리다.

상대적으로 풍족한 경제적인 상황은 무엇을 나타낼까?

단편적으로 아이에게 해줄 수 있는 선택지가 많아진다. 그리고 풍족한 재정상황은 부모의 태도와도 연관된다고도 생각한다. 한창 가지고 싶은 것이 많고 좋은 것을 먹이고 싶은데 주머니 사정을 고려하며 아쉬움과 미안함을 느끼는 현실을 마주하고 이러한 상황들이 계속되며 아이에게 부정적인 감정들이 전달될 수 있기 때문이다.

이런 생각을 하게 된 것은 어렸을 땐 한 장면에서 비롯된다. 초등학생 때 살고 있는 곳에서 도보 10분도 안 되는 거리에 지금까지도 판자촌으로 유명한 곳이 있었다. 거기에 같은 반 친구가 살았다. 횡단보도를 사이에 두고 마주하는 그 동네의 외형과 반대편 신호등에서 기다리는 같은 반 친구를 보며 경제관념도 없고 사람 사는 일에 대해서 몰랐던 당시의 어린 내가 저곳에서는 행복할까라는 생각이 들었다.

그곳에서 생활을 영위하고 있는 사람들의 사정과 경제적

인 부분에 대해서 알지 못한다. 그렇지만 제3자가 외부에서 바라보는 상황에서는 누구나 할 수 있는 생각이다. 돌이켜보면 주머니 속에 천 원짜리 지폐 몇 장이 전 재산인 아이가 어떻게 행복과 연관 지어 생각했을까 싶기도 하다.

그래서 이러한 에피소드를 언급한 이유는 무엇이냐면 워킹맘, 워킹대디가 아이를 양육하면서 느끼는 미안함에 대한 부담을 덜기 바라기 때문이다. 육아하는 환경도 바뀌었고 또 부모가 되는 엄마, 아빠의 가치관도 예전과 다르게 변했다. 한 명이 온전히 아이를 케어할 수 있는 상황이 안 되는 일도 많아졌다. 그리고 시간적, 경제적 여유가 되어 아이와 함께 시간이 많아지게 되더라도 비단 이것이 아이와 건강한 관계를 형성한다는 보장 또한 없다.

간혹 맞벌이 부부가 어린아이를 어린이집에 보내는 걸 부모로서의 결함으로 연관 지어 생각하는 사람들을 보게 될 때가 있다. 마치 부모의 역할을 다 하지 못한 죄인이 된 것처럼 자신 있게 말하지도 못하고 터부시하는 것을 보기도 한다.

마음 한편으로 공감되기도 하지만 반대로 아쉬운 생각도 하곤 한다. 충분히 본인의 상황에서 최선을 다하고 있지만 아이를 사랑하는 마음의 크기가 상대적으로 크기 때문에 그 차이만큼이 죄책감과 미안함으로 이어지게 되는 것 같다. 아이와 함께하는 시간의 양보다 질이 중요하다는 이야기가 있다. 이걸 참고하게 되면 조금은 편한 마음을 가지게 되는 데 도움이 되지 않을까.

맞벌이를 하고 있다는 것은 결국 현재보다 더 나은 상황을 만들기 위한 노력이다.

그리고 이 글을 보는 독자가 현재 맞벌이를 하고 있다면 그 목표는 배우자와 자녀에게 더 나은 상황을 제공하기 위함이 아닐까 싶다.

육아휴직을 하면서 얻게 되는 이점들이 무엇이 있을까.

첫 번째는 생활의 안정감이다.

사실 전에는 육아휴직을 단순히 아이와 함께 보내는 시간이라고 생각했다. 하지만 이전 글에서 잠깐 언급했지만, 아이가 갑작스럽게 아플 때가 생기곤 하는데 이때 엄마, 아빠 중 한명은 무조건 아이를 케어해야 하는 순간이 찾아온다.

가정마다 육아하는 환경이 다르겠지만 한 명이 육아휴직을 하게 되면서 돌발 상황일 때 아이를 온전히 케어할 수 있었다. 반대로 다른 한 사람은 회사생활에 집중할 수 있게 되면서 일상생활에서의 안정감이 생겼다.

두 번째는 아내의 커리어다.

여성의 경우에는 임신과 출산 그리고 이어지는 육아까지 대략 1년 반 정도의 기간을 출산휴가와 육아휴직으로 보내게 된다. 그리고 임신기간에는 병원에 다니면서 중간중간 자리를 비워야 하기도 하고 조직생활 중 다른 누군가의 배려를 받아야 하는 상황도 생기기 마련이다.

이러한 상황들이 연속되면서 아내의 커리어 단절이 생긴다. 또 본인이 추구해왔던 커리어와는 다른 방향으로 흘러갈 수도 있다. 그때 남편이 육아휴직을 선택한다면 보다 아내는 수월하게 커리어를 이어갈 수 있고 아이 돌봄에 대한 걱정도 덜 수 있다.

세 번째는 아이와의 관계형성이다.

앞에 에피소드에서 짧게 다뤘는데 신생아 때 아이는 아빠가 안기만 하면 울었다. 내게는 사랑스럽고 작은 아기지만 충분한 시간을 보내지 못했기에 아기에게는 아빠가 낯설어서 아닐까. 그때 나도 아이와 시간을 보내며 아빠라는 존재를 알려주고 싶었다. 그리고 육아휴직을 통해서 이를 이루게되었다고 생각한다. 예전에는 아빠와 함께 있어도 엄마만 찾았지만, 이제는 아빠를 찾는 일도 많아졌다. 이렇게 아이의 기억 속에 내가 차지하는 비중이 늘어가는 일이 좋다.

여전히 가정의 주된 소득은 아빠가 벌어온다는 인식이 있다. 하지만 내 입장에서는 아빠의 육아휴직 그리고 이를 통해서 보내는 아이와의 시간 등 겪게 되는 일련의 과정들이 비단 가치가 덜한 것이라고 생각하지 않는다.

네 번째는 육아의 힘듦을 느끼기 위해서다. 위에서 적었던 것처럼 주 소득자는 아빠고, 주 양육자는 엄마라는 인식이 아직 있다. 하지만 이를 완전히 분리할 수 없기도 하다. 주

소득자면서도 충분히 육아를 하는 사람이 있고 주 양육자면서 자신의 커리어를 이어가는 사람도 있다. 예전부터 둘 다 경험해야 좋은 부모, 배우자가 될 수 있다고 생각했다. 인터넷이나 매체에서 둘 중 하나만 경험하고 자신이 제일 힘들다고 말하는데 양쪽을 경험하지 않고서는 양쪽을 비교할 수 없다. 실제로 임산부 체험이나 육아휴직을 하면서 육아의 고충이나 아내의 힘듦을 느끼고 이해할 수 있게 됐다.

주 양육자 아빠입니다

육아휴직을 통해서 주 양육자가 되었다.

아이를 양육하면서 엄마, 아빠 두 명 중 엄마가 더 큰 역할을 하고 책임을 져야 한다는 것은 이미 오래된 얘기지만, 사회통념상 주 양육자가 엄마라는 인식은 여전히 우리 주변에 넓게 깔려 있다. 아빠가 육아에 참여하는 경우가 많아졌다고는 하지만 여전히 쉽게 볼 수 있는 일이 아니기 때문일 것이다.

아빠가 육아를 하게 되면 어떤 상황들이 생길까?
내가 느꼈던 점 몇 가지를 소개해 본다.

처음에 느꼈던 것은 주변의 시선이다. 낮 시간에 아이를 하원 시킨다. 이후 아이와 함께 산책하기도 하고 장을 보기도 한다. 공원과 마트 그리고 거리의 사람들이 나와 아이를 번갈아가며 쳐다본다. 이제는 익숙해진 일이지만, 어쨌든 처음에는 다소 신경이 쓰였던 것도 사실이다. 아이와 나를 쳐다보는 사람들의 시선도 이해할 만하다. 낮에 다 큰 남자 어른과 아이가 같이 다니는 모습이 그리 흔한 풍경이 아닌 것이 사실이니까.

이런 상황이 몇 차례 있으면서 이런 시선은 어쩌면 나 자신의 선입견 때문이 아닐까라고 생각했다. 내가 나의 상황을 낯설게 생각하는 만큼 다른 사람들도 그럴 것이라고 생각했던 것 같다. 내가 아무렇지 않으면 다른 사람도 나를 아무렇지 않게 바라볼 것이다. 그리고 내가 생각하는 것보다 사람들은 내게 그렇게 관심이 없다는 것 또한 역시 시간이 지날수록 느끼게 되었다.

사실 실질적인 애로사항은 따로 있었다. 그건 낮과 밤을 가리지 않았고, 외부와 내부를 가리지 않는, 바로 온라인 공간에서였다. 이어서 더 자세히 이야기하겠지만, 때로는 육아 관련 커뮤니티에서 소외감을 느끼기도 했다.

흔치 않은 주 양육자 아빠가 육아와 관련한 정보를 얻을만한 곳은 현실적으로 온라인 공간밖에 없었다. 하지만 온라인 공간 역시 육아 관련 자료와 정보는 여성들이 주로 공유하고 소비했고, 여성의 체험 위주였다. 남자가 대신할 수 없는 임신과 출산이 주요 주제와 소재가 되다 보니 여성들 사이에만 형성될 수 있는 유대감이 있다는 걸 느꼈다.

하지만 남성의 육아가 점점 늘어나는 추세이다. 아빠로서 육아에 더 집중하거나 또는 할 수밖에 없는 상황에 부닥친 이들에게 정보가 필요하다. 내가 겪어본 바로는 남성, 아빠를 위한 콘텐츠와 관련 커뮤니티는 현저히 적다.

사실 내가 육아 블로그를 시작하고, 이 책을 쓰기 시작한 이유도 여기 있다. 우리가 흔히 미디어를 통해 접하는 육아 정보는 주로 여성, 엄마에게 치우쳐 있다. 그리고 모두가 그런 것은 아니겠지만, 생각보다 현실성이 떨어지는 경우가 많다. 내게 필요했던 건 '현실의 육아'이다. 특히 아빠가 부닥치게 되는 현실 속의 육아에 대한 것 말이다.

<아빠가 전하는 육아 팁 3>

육아휴직

육아휴직이란 만 8세 이하 또는 초등학교 2년 이하의 자녀가 있는 근로자가 유급으로 최대 1년 동안 휴직할 수 있는 제도를 말합니다. 이에 대한 법적 근거는 '남녀 고용 평등과 일 · 가정 양립 지원에 관한 법률'을 근거로 하고 있습니다.

육아휴직은 예전과 다르게 단순하게 아이를 돌본다는 개념과는 많이 달라졌습니다. 본문에서도 언급했지만 배우자의 커리어에도 긍정적인 영향을 줄 수 있기도 한데요. 특히 임신과 출산 이어지는 육아휴직을 1년 이상의 시간을 보냈기에 경력단절의 우려가 있는데 이때 아빠의 육아휴직이 도움이 될 수 있습니다.

최근에는 저출산과 남성의 공동육아를 지원하는 정책을 통해서 육아휴직 기간을 현행 최대 1년에서 1년 6개월로 변경을 계획 중에 있습니다.

[육아휴직에 대한 궁금증]

Q. 육아휴직을 사용할 수 있는 최소 필요조건은?

A. 육아휴직을 신청하기 전에는 육아휴직을 신청할 수 있는 조건과 육아휴직 급여를 신청할 수 있는 조건 2가지를 구분해서 고려해봐야 합니다. 신청조건이 다르기 때문인데요.

육아휴직을 신청하기 위한 조건은 자녀의 나이조건(만 8세, 초등학교 2학년)과 6개월 이상 계속 근로 중인지를 확인합니다. 단 재직기간이 6개월 미만이라도 사업주의 승인이 있다면 육아휴직을 신청할 수 있습니다.

반면 육아휴직 급여를 신청할 수 있는 조건은 조금 다릅니다. 육아휴직을 30일 이상, 피보험단위기간이 180일 이상이 되는지 두 가지가 모두 충족되어야 육아휴직 급여를 신청할 수 있습니다.

여기서 피보험단위기간이란 단순하게 재직기간과 동일하게 생각하게 되면 문제가 생길 수 있는데요. 재직기간은 일반적으로 우리가 알고 있는 근속기간을 의미합니다. 혹은 계속근로기간이라고도 부르기도 합니다. 반면 피보험단위기간은 고용보험 적용을 받은 일수를 말합니다.

Q. 육아휴직은 분할 사용이 가능한가요?

A. 육아휴직은 최대 2회에 한하여 분할 사용이 가능합니다. 그렇지만 사업주와의 합의를 통해 2회를 초과하여 분할 사용이 가능하기도 합니다. 다만 최소 사용단위는 한 달이 되어야 합니다. 만약 임신 중인 여성근로자가 임신 중 육아휴직을 사용한다면 분할 횟수에서 차감하지 않습니다.

Q. 육아휴직 근속기간 및 연차발생여부

A. 근로자퇴직급여보장법에 의거하여 육아휴직기간은 계속근

로기간에 포함됩니다.

그리고 육아휴직기간 중이라도 연차휴가 또한 발생합니다. 이는 근로기준법 제 60조에서 확인할 수 있습니다. 그래서 복직을 하지 않고 퇴사를 하게 된다면 당연히 미사용 연차에 대한 부분은 연차수당으로 지급받을 수 있습니다. 연차수당을 산정하는 요소 중 통상임금은 휴직을 하기 전 달의 것을 기준으로 합니다.

Q. 육아휴직 중 4대 보험은 어떻게 처리되나요?

A. 회사를 다니고 있는 사람이라면 매월 건강보험, 고용보험, 산재보험, 국민연금을 회사와 절반을 나누어 부담하게 됩니다. 육아휴직 중에는 어떻게 처리될까요?

건강보험의 경우에는 건강보험료가 부과되지 않습니다. 납부유예가 되는데요. 이는 복직 후 일괄 혹은 분할로 납부하게 됩니다. 이때 산정되는 금액은 보수월액보험료 하한액으로 산정됩니다.

고용보험과 산재보험은 부과되지 않습니다.

국민연금은 납부를 유지하거나 납부예외를 선택할 수 있습니다. 납입을 선택하는 경우에는 직전 납입금액 그대로를 개인이 부담하게 되며 납부예외는 연금보험료를 납부하지 않습니다. 참고하실 점은 납부예외를 할 경우 납부예외 기간만큼은 국민연금을 수령하는 기간이 단축된다는 것을 의미하기도 합니다. 다만 추후납부라는 제도를 통해 예외기간 동안 납부하지 않은 금액을 납부하면 연금액 산정 시 포함됩니다.

Q. 육아휴직 후 퇴사를 한다면 퇴직금은 정산되나요?

A. 퇴직금은 근속기간에 비례하여 산정됩니다. 그리고 근속기간이 1년 이상이 되었을 때 지급하게 되는데요. 결론부터 말하자면 육아휴직 후 퇴사를 했을 때 근속기간이 1년 이상인 경우라면 퇴직금을 받을 수 있습니다.

예시로 휴직 전 1년을 근무한 상태에서 육아휴직 1년을 사용한 뒤 퇴사한다면 근속기간 2년을 인정받고 이 기간을 적용해 퇴직금이 산정됩니다. 이때 퇴직금 산정의 기준이 되는 퇴직일 기준 직전 3개월 급여의 평균임금은 휴직 전 3개월 급여를 기준으로 하게 됩니다.

4. 육아 vs 사회생활

육아와 회사생활, 무엇이 더 쉬울까

놀이로 연관 짓는 다양한 상황들

아빠도 조금은 외로울 때가 있습니다

아직 현실에선 익숙하지 않은 아빠 육아

<아빠가 전하는 육아 팁 4>

지역별 아빠 육아휴직 장려금

육아와 회사생활, 무엇이 더 쉬울까

육아가 체질인 사람이 있을까? 자신의 아이를 키우는 일에 체질이 있을 수 있겠냐마는 이러한 물음이 생기곤 한다. 그러던 중 난 회사생활과 육아는 조금 다른 측면이 있다고 느꼈고 누군가 회사생활과 육아 중 어떤 것이 더 편하냐고 묻는다면 회사생활을 선택할 것 같다.

회사생활은 조금 단순하게 표현한다면 맡은 바 업무를 처리하는 일이다.

물론 회사생활을 하면서 승진을 위해 누군가에게 잘 보여야 하기도 하고 내부의 정치가 필요한 순간이 오기도 한다. 이러한 과정에서 어려움이 있을 수 있다. 하지만 본질적으로 '맡은 업무를 잘 처리한다.'는 조건에는 변함이 없다. 숫자를 다루는 일이라면 결괏값이 역산을 통해 올바른 결괏값이 도

출된 것인지 검증한다. 정량 지표도 있고 평가자도 있다. 자신이 해온 일을 평가당하는 건 부담스럽고 스트레스를 받지만 그래도 그 끝과 목표가 분명하다. 하지만 육아는 아니다. 회사생활을 폄하하는 것이 아닌 육아와는 성격이 다르다고 본다.

그럼 육아는 어떨까?

육아는 누군가를 돌보는 것이고 올바른 사회구성원으로 교육하는 과정과 인성을 함양하는 과정이다. 더 쉽게 표현한다면 사람 구실을 하게 만드는 과정이라고 말할 수 있을 것 같다. 이 과정은 사람마다 다르고 회사처럼 정량적인 지표가 있지도 않다. 그래서 육아가 훨씬 어렵게 느껴진다. 밥을 세 끼 먹이고 하루에 한 번 배변을 보고, 한글을 남과 같은 나이에 말하게 되면 그건 잘한 육아인가. 뻔한 이야기지만 세상의 위인들은 남들과 같은 나이에 무언가를 해내진 않았다. 우리 아이가 위인이 되면 좋겠지만, 남들과 같은 나이에 남들과 같은 걸 못 해낸다고 해서 그게 부모의 육아가 모자라거나 아이가 뒤떨어진 건 아니라는 뜻이다.

또 남들과 같은 나이에 남들과 같은 걸 해냈다고 해서 무
조건 잘한 일로 연결되지도 않는다. 육아는 결국 자신의 아
이만을 바라보고 하는 것이다. 맞는지 틀리는지 모르기에 평
생을 의심하고 의문하면서 살아야 하는 게 부모의 숙명이 아
닐까 싶다.

놀이로 연관 짓는 다양한 상황들

아빠가 아이와 놀아준다고 하면 신체활동들을 떠올리곤 하는데 나의 경우에는 조금 더 그 범위가 넓게 여겼던 것 같다. 특히 일상 속 돌발 상황들을 함께 해결하는 과정이 포함된다.

대표적인 예시는 집의 문이 잠겼을 때의 상황이다. 문이 고장 나 안에서 열리지 않을 때, 나는 아이에게 상황을 설명하고 해결 방안에 대해 논의했다. 아이는 장난감 망치를 가져와서 문의 손잡이를 톡톡 쳐보기도 하고, 손으로 요리조리 만져보는 등의 시도를 했다. 물론 잠긴 문은 쉽게 열리지 않았고 나는 도구를 사용해 문을 해체하고 다시 조립하는 과정을 아이에게 보여줬다. 과정 중 아이에게 직접 드라이버를 쥐여주고 사용해보는 등 해결 과정에 참여해보도록 했다.

누군가는 이런 모습을 보며 '굳이 저렇게까지? 이해하지도 못하는 아인데'라는 물음이 생길 수 있다. 근데 나는 조금 다르게 생각했다. 이러한 일상 속의 경험들이 누적되어 내가 모르는 아이의 모습을 볼 수 있다. 알고 있는 현재 아이의 모습이 전부가 아니다. 무궁무진한 가능성이 열려있는 아이들 아닌가. 어떠한 직업을 가질지 어떠한 재능을 가지고 있을지 아무도 모른다. 여자아이, 남자아이라고 해서 아이들이 스스로가 놀이를 구분해서 하지 않는다. 대부분의 경우에는 부모가 혹은 주변의 상황에 따라 구분하기 시작한다.

또 다른 예로, 산책 중 다양한 곤충을 관찰하는 상황도 있다. 아이는 특히 개미에 큰 관심을 보인다. 개미가 지나가는 것을 관찰하며 앉아서 상상에 잠기곤 한다. 때로는 작은 개미 한 마리를 유심히 보거나 여러 개미가 개미집에서 나오는 장면에 감탄하기도 한다. 먹이를 나르는 개미를 보면 아이들에게는 놀고 있는 모습으로 보이기도 한다. 아이와 이런저런 상상 속의 이야기를 나누게 된다. 이따금 터무니없는 얘기를 할 때도 있지만 잘 생각해보면 그런 생각들이 왜 나왔는지 고민해보면 의미가 있다는 것을 깨닫게 된다.

물론 아이들에게 성인의 논리를 동일하게 가지기를 바랄 수 없다. 아이들은 백지와 같아서 어른들에게 당연하게 여겨지는 것들을 새로운 시각에서 보기도 한다.

아빠도 조금은 외로울 때가 있습니다

다가가지 않으면 어느 누구도 다가와 주지 않는다. 나 혼자였을 땐 아무렇지 않았던 것이 '아빠'가 되고 보니 새삼 다르게 다가왔다.

흔한 예시로는 하원 후 놀이터에 시간을 보낼 때다. 어린이집 하원을 하고 놀이터에서 놀다 보면 아이 친구들의 부모님과 자연스레 만나게 되는 일이 많다. 이때 9할 이상 아이와 함께하는 것은 그들의 '엄마'다. 그리고 자주 마주치는 엄마들은 가깝게 지내면서 엄마들끼리 어울린다. 보통 엄마끼리 친해지면 엄마의 아이들끼리도 친해지곤 하는데 아빠인 나로서는 그게 참 부러웠다. 내 아이가 먼저 흥미를 보여 친구들에게 다가가는 게 아니라면 아빠와 함께 있는 우리 아이에게 잘 다가오지 않았기 때문이다. 어린아이에게는 또래 아이들과 놀면서 겪는 과정이 필요하다고 생각하는데 어른인 내가 먼저 다가가지 않으면 다른 아이들과 교류할 일이 잘 생기지 않았다.

마음 한편으로는 엄마들 사이에서 공감대를 함께 할 수 있는 대화를 할 자신도 없었다. 그들이 선뜻 나에게 다가오지 않는다는 걸 다행이라고 여기기도 했다. 그렇지만 아이의 입장에서 생각해본다면 조금 다른 생각을 하게 된다.

또래 친구들과 교류하고 더불어서 놀면서 장난감을 양보하거나 친구가 싫어하는 행동을 하지 않고 놀이기구를 이용하는 순서를 익히는 상황을 경험할 수 있다. 그런데 아빠, 그리고 아빠와 함께 있는 아이에게 먼저 다가오지 않으니 아이가 친구들과 놀 상황을 만들기 힘들다. 아이가 친구들과 어울리는 환경을 만들어주기 위해서라도 아이나 그 부모에게 먼저 인사를 건네는 내 모습을 볼 수 있었다.

나처럼 엄마들에게 먼저 다가가는 것을 어려워하는 아빠

들이 많을 거다. 그럴 때면 이런 방향으로 생각하고 아이의

새로운 경험을 위해서 주변에 먼저 다가가는 건 어떨까. 처

음이 어렵지 두 번은 쉽다.

아직 현실에선 익숙하지 않은 아빠 육아

육아휴직을 하면서 본격적으로 아이 돌봄에 최전선으로 나왔다.

이때 아빠가 겪게 되는 상황이 무엇이 있을까?

가장 먼저 떠오르는 것은 주변에서 아직은 주 양육자하면 떠오르는 주체는 엄마라는 것이다.

기억에 남는 상황 중 하나는 어린이집에서 어떠한 문제가 있었을 때 아내가 한동안 소식을 전달받았다. 아빠가 하원을 직접적으로 하더라도 아이가 아프거나 어린이집에 무슨 문제가 있을 때면 아내를 통해서 그 소식을 들었다.

사실 이건 특별한 문제가 아니지만 단순하게 효율의 측면으로 따지더라도 매일 아이를 등 · 하원하는 아빠에게 전달하는 것이 더 효율적이라는 생각을 했었다. 아이를 등·하원시키는 것도 아빠, 아이를 병원에 데려가는 것도 아빠인데 엄마에게 전달하면 의사소통이 두 번으로 늘어난다. 나에게 소식이 오면 내가 데리러 가거나 조치를 취할 수 있다. 아내에게 가면 회사에 있던 아내는 연락을 나에게 다시 돌려야한다. 번거로워지는 건 물론이고 의사소통의 속도도 지연된다.

다른 장소에서도 비슷한 상황을 볼 수 있다. 대표적인 게서점이다. 관련된 책이 무엇이 있을까 육아 관련 코너에 가보면 '엄마가 하는 ○○육아', '○○맘이 적어보는 육아' 등 엄마가 주체가 된 책이 다수를 이루고 있다. 혹은 정보성의 성격을 띤 책이라면 정보에 근간이 되는 물음을 얻게 되는 주체는 엄마다. '엄마가 궁금해하는 것들을 집대성했습니다.'라는 문구를 넣기도 한다. 마치 '육아=엄마'라는 공식이 있는것처럼 말이다. 이처럼 아직은 육아는 엄마라는 인식이 사회전반적으로 있다는 것을 느낄 수 있다.

최근에 이르러서야 저출산이나 공동육아라는 단어를 쓰면서 아빠가 육아한다는 것이 양지에 올라오기 시작했다. 하지만 개인적으로 이러한 인식들이 자의든 타의든 육아를 하는 아빠들이 수면 위로 올라오는 것을 망설이게 되는 요소 중 하나가 아닐까 싶다. 맘카페나 주변에 적절한 육아정보 등이 있어야 쉽게 접하고 익숙해지는데 아빠의 육아를 당연하게 생각하고 아빠를 육아 소비자로 설정해둔 것을 보는 것은 아직까진 드물다.

주 양육자로서 아빠는 소수이기에 의문과 의심을 가지고 있는 현실은 조금 아쉽게 다가오기도 한다.

<아빠가 전하는 육아 팁 4>

지역별 아빠 육아휴직 장려금

아빠 육아휴직 장려금은 지자체별 출산장려사업의 일환으로 남성의 육아휴직을 활성화하기 위해 장려금을 지급하는 것을 말합니다. 지원되는 금액은 지자체별로 다르지만 최소 30만원에서부터 최대 80만원까지 지급하고 있는데요. 다만 아빠 육아휴직 장려금은 지자체 별 책정되는 예산과 운영방식은 차이가 있을 수 있습니다.

서울시의 경우에는 2023년 9월 전국 최초로 부모 모두를 포함한 '서울형 육아휴직 장려금'을 시행하기도 했습니다. 현재 모든 지역에서 운영 중이지는 않지만 다른 지역들도 시행을 앞두거나 계획 중에 있습니다.

지역	장려금(매월)	지원기간
인천광역시 서구	50만 원	최대 7개월
인천광역시 연수구	50만 원	최대 6개월
인천광역시 계양구	50만 원	최대 6개월
인천광역시 동구	50만 원	최대 6개월
경기도 여주시	최대 50만 원	최대 3개월
경기도 성남시	10만 원~80만 원	최대 6개월
경기도 광명시	30만 원	최대 3개월
경기도 하남시	30만 원	최대 6개월
부산광역시 수영구	최대 30만 원	최대 12개월
경상남도 거창군	30만 원	최대 6개월
경상남도 거제시	20만 원	최대 3개월
전라남도 영광군	50만 원	최대 6개월
충청남도 천안시	30만 원	최대 6개월

오늘부터 아빠입니다

5. 육아,
인터넷으로 배웠어요

아빠는 왜 가입이 안 되죠?

SNS를 통해 배운 육아

내가 몰랐던 육아 블로그의 세계

<아빠가 전하는 육아 팁 5>

육아종합지원센터

임신기간 중 TV프로그램에서 어떤 남성이 주부로 생활한다는 에피소드를 본 적이 있다. 당시에 그분이 이른바 '맘카페'라고 불리는 곳은 남자가 가입이 안 된다고 말했던 것이 기억에 남아 있다. 맘카페에서 엄마들과 교류하고 필요한 정보를 찾고 싶은데 불가능하다는 내용이었다.

육아휴직을 하면서 이 부분에 대해 실감하게 되었다.

유튜브, 블로그와 같은 플랫폼을 통해서도 비교적 손쉽게 정보를 접할 수 있다. 그렇지만 나는 조금 더 현실적인 경험담을 확인해보고 싶은 곳이 맘카페라고 생각하고 있는데 아빠에게는 허락되지 않았다. 그나마 지역 기반으로 운영되어 있는 커뮤니티는 가입할 수 있어서 위안으로 삼았다.

근데 만약에 싱글대디라면 어떨까 하는 생각도 했다. 보통은 인터넷에서 정보를 찾지 못해도 아내에게 도움을 구할 수 있지만 혼자 자녀를 키우는 아빠라면 답답한 현실이 아닐까. 왜 육아를 같이 공유하는 거면 남성 여성을 나눌 필요는 없는데 왜 이렇게 하는지 궁금증이 생겼다. 내가 왈가왈부 할 수 없는 영역이지만 아쉽다는 느낌을 지울 순 없었다. 실제로 궁금해서 남성 맘카페, 육아카페 등으로 검색해보고 한 기사를 접하면서 그 이유를 대략 알 수 있었다.

가장 의문이 들었던 부분은 변태의 유입이었다. 맘카페 특성상 인원이 전부 여자고 출산 전후의 몸 사진을 올릴 때도 있다. 인터넷 의견으로는 이런 사진을 저장하는 사람도 있고, 자신의 신체를 올리는 사람도 있다고 한다. 이 의견에 공감이 되면서도 조금은 이상하게 느껴지는데 이유는 두 가지다. 하나는 그 사진을 저장해서 이상하게 쓰는 걸 어떻게 아냐는 거고, 또 하나는 이상한 사진을 올리는 사람들이 꼭 맘카페에만 올리겠냐는 거다. 전자는 어떤 이상한 사람이 자신이 맘카페에서 사진을 가져온다고 떠들고 다니지 않는다면 알 수가 없다. 후자는 이상한 사진을 올리는 사람이 맘카페에만 올리지는 않을 거다. 남들이, 특히 여성이 괴로워하는 모습을 보고 싶은 이상한 사람이라면 꼭 맘카페가 아니더라도 다양한 루트로 변태적인 사진을 올리고 있을 거다. 여러분들의 상상 이상으로 인터넷에는 다양한 커뮤니티가 많고 이상한 글과 사진을 올리는 사람은 많다.

  남성의 맘카페 출입금지는 약간의 부작용을 예방하기 위해 더 큰 이익과 공유를 아예 금지하는 것이라고 생각한다. 남성이 육아정보나 육아 고충을 공유하기 어려운 상황이 아쉽기도 하지만 한편으로는 이해된다. 맘카페를 개설할 때의 의도와 다른 목적으로 이용할 여자보다는 남자가 많을 거고 이를 예방하기 위한 가장 쉬운 방법은 남성의 가입 금지다. 아주 간단한 설정만으로 변태를 예방할 수 있다. 대부분의 여성 커뮤니티가 이와 같은 방식이다. 여성만이 겪는 고충과 공감할 수 있는 주제가 있으니 남성의 가입을 제한한다. 한편으로 남성도 군대나 남자의 연애 이야기에 대해 여성이 이해하기 어렵다고 말하곤 하니 당연한 거라고 본다.

하지만 더 크게 생각해보면 다르다. 여성분들이 안정감과 소속감을 느끼면서 자신만의 커뮤니티를 지키려는 건 이해된다. 하지만 남성이 육아에 대해서 어렵게 느끼면 느낄수록 저출산과 독박육아는 심화된다. 자주 접하고 접하기 쉬워야 남성이 육아를 쉽게 생각하는데 단계가 많을수록 번거롭고 더 멀어지는 것이다.

예를 들어보자. 남성 패션이 유튜브와 무신사로 인해 대중화되고, 여성은 미디어를 통해 스포츠에 가까워졌다. 남자들은 어렸을 때 옷을 사려고 개인 쇼핑몰을 이용하거나 동대문에 갔다. 개인 쇼핑몰은 퀄리티가 좋지 않았고 오래 운영하는 곳이 드물었다. 동대문에서 옷을 파는 형들은 무서웠다. 이렇게 자란 남성들이 이제 3040이 됐다. 남성이 패션에 무관심해지고 어려워진 건 접근하기 어려웠던 어릴 적 상황도 있다고 본다. 요즘 젊은 남성들은 옷을 잘 입고 옷에 관심도 많다. 유튜브를 통해 정보를 접하기 쉬워졌고, 무신사처럼 온라인으로 구매할 수 있는 곳과 오프라인 쇼핑 장소가 많이 생겨서다. 정보가 많아지고 접근 경로가 쉬워지니 모두가 상향평준화됐다.

　몇 년 전만 해도 여성이 일상에서 운동을 즐기는 경우를 많이 볼 수 없었다. 학생 때 운동장이 있었고 주변에 공원이나 헬스장이 많은데도 말이다. 여성이 남성보다 운동을 싫어하는가. 그거 아니다. 다만 접할 기회가 없었기 때문이라고 생각한다. 남성은 축구나 농구 등 미디어에서 접하고, 게임으로도 스포츠를 한다. 바로 앞에 운동장도 있다. 그러다 보니 자연스럽게 운동을 하게 된다. 군대에서는 20대 남자들끼리 모이다 보니 자연스럽게 운동으로 뭉치기도 한다. 누가 운동을 하라고 해서 운동을 한 것도 아니고, 누가 운동을 하지 말라고 해서 운동을 안 한 것도 아니다.

　요즘은 미디어에서 여성이 축구를 하기도 하고, 유튜브에서 운동을 하는 여성들을 많이 볼 수 있다. 특히 어렸을 때부터 축구에 관심이 많아서 여성의 축구 경험담을 재밌게 보곤 하는데 스포츠라는 건 누구나 익히고 즐길 수 있는 거다. 다만 그걸 자연스럽게 접할 경로가 없었을 뿐이다. 만약 여성이 축구나 농구, 야구를 하는 모습을 미디어에서 볼 수 없었다면 지금도 여성이 스포츠를 즐기는 행위는 자연스럽지 않았을 거다.

육아도 마찬가지다.

　몇 년 전만 해도 '부모도 부모가 처음'이라는 말이 어색했는데 지금은 상황이 다르다. TV나 에세이에서 그런 말이 나오거나 어머니가 비슷한 말을 할 때면 왜 처음이었다는 말과 함께 미안하다는 말을 할까 싶었다. 그런데 부모라는 경험은 정말 부모가 되고 나서야 가능하다. 책이나 주변의 사례로 하는 간접경험으로 하기에는 너무 큰 세계다.

　최근 육아를 소재로 한 TV 프로그램을 보다 보면 많은 생각을 하곤 한다.
　너무 희망적이거나 너무 절망적이다.

　말을 잘 듣는 아이와 잘 도와주는 친정과 시댁, 일하면서도 자기관리도 철저한 연예인들. 마치 잘 짜인 연극을 보는 것 같았다. 매일 아이를 보는 내가 겪는 일상과는 거리가 있었다. 또 반대편에는 절망이 있다. 배우자와 좋지 못한 관계. 너무 소극적이거나 너무 난폭한 아이. 부모에게 욕을 하는 아이. 학교에서 문제를 일으키는 아이. 육아라는 것이 힘들다는 걸 보여주기 위한 것 같았다. 이 또한 너무 극단적인 경우다.

육아를 시작하기 전에 나는 앞으로 다가올 미래가 어떨지 궁금해 이런 것들을 찾아봤었다. 동시에 혼란스럽기도 했다. 나에게도 이런 일들이 생길까. 지레 겁먹기도 했다. 다행히 SNS를 통해 접한 세계는 그렇지 않았다.

블로그를 통해서 육아에 대한 정보를 많이 찾아봤다. 아기와 외출할 때면 방문할 곳에 후기를 찾아볼 수 있었고 상대적으로 직접 경험한 글들이 많았기에 내가 원하는 취지의 정보들이 많았기 때문이다. 블로그에서 발행되는 글을 보면 이케아 효과가 떠올랐다. 이케아는 가격이 저렴한 대신 직접 가구를 조립하는 시스템을 가지고 있다. 이케아 효과는 가구를 시간과 노력을 들여 조립한 사람이 가격보다 그 가구의 가치를 높게 평가한다는 것이다. 이 이케아 효과에는 세 가지 요소가 있는데 참여, 노력의 투자, 개인화된 경험이다. 육아를 하며 경험한 것들을 글로 녹여서 풀어 내린 점들이 내가 그렇게 느낀 이유다.

  최근 사람들의 인식 속에 블로그와 같은 SNS에 대해 회의적인 의견이 많다는 것을 안다. 좋은 모습만을 보여주기 때문이다. 앞에 언급한 미디어 속 연예인 같은 모습을 보는 것과 다를 바 없다고 생각할 수도 있다. 한 작가는 SNS에는 절망이 없다고 하기도 했으니까. 블로그는 그나마 괜찮은 편이라고 생각한다. 인스타그램이 잘 나온 사진만 정리하는 곳이라면 블로그는 일기장 또는 자신의 생각과 사건들을 정리하는 곳이었다. 그리고 그곳에는 나처럼 초보양육자들도 많았다.

  돌이켜보면 대체로 부모들은 이렇게 개인의 경험을 기반으로 한 SNS에서 정보를 습득하고자 한다. 흔히 말하는 '후기'가 궁금한 것이다. 왜 그럴까? 내 의견은 육아에서 직접 상황을 맞닥뜨려 대응한다는 건 굉장히 부담스러운 일이기 때문이다. 아이를 돌보는 데 있어서 건강이나 안전에 대한 우려가 있는 일들이 많다.

어른이라면 적절한 정보를 수집하고 본인의 상황에 맞는 적절한 결정을 내리게 된다. 그리고 그 과정에서 잘못되거나 수정할 게 있다면 그건 어른에게 어려운 일이 아니다. 하지만 아이는 다르다. 아이가 해야 하는 대부분의 일들은 아이가 찾아보고 본인의 기준을 가지고 결정하는 일이 아니다. 부모가 찾아보고 결정하게 된다. 게다가 말을 못 하는 아이라면 이게 좋은지 나쁜지 맛있는지 아닌지 힘든지 아닌지 부모에게 정확하게 전달하기도 힘들다. 부모는 아이가 웃거나 우는 것 그리고 몸짓으로 아이의 의중을 파악해야 한다.

그래서 나를 포함한 많은 부모들이 다른 부모들이 경험한 정부를 찾는 것 같다. 특히 아이가 아팠을 때 겪게 되는 상황들을 간접적으로 그때의 상황을 경험해볼 수 있다는 점이 좋았다. 그리고 비슷한 상황이 나타났을 때 그때의 기억을 살려 대응하기도 했다.

아이에게 좋은 것만을 주고 싶다는 점도 한몫한다고 본다. 작은 물건을 하나 살 때도 후기와 사용기를 읽어보는데 아이의 입에 들어가고 또 직접 입히는 것들을 구매할 때는 내 것을 구매하는 것보다 더 신경을 쓰게 되니까 말이다. 가제손수건을 구매할 때는 소재에 대해 고민했던 기억이 있다. 순면이 좋은 것인가 대나무로 된 것이 좋은 것일까 한참을 들여다봤었다. 개인적으로는 수유와 관련된 물품을 구매했을 때 고민을 많이 했었다. 현재 아이의 개월 수에 맞는 분유를 고르고 원산지를 비교해 보기도 하고 설사를 한 아이는 있었는지 알아본다. 젖병은 또 어떨까. 젖병의 소재에 따라서 열탕이 가능한지를 알아보고 어떤 것이 좋은 선택인지 고민한다. 젖꼭지도 아이가 빨기 좋은지 그리고 먹을 때 공기가 많이 딸려가지는 않는지를 비교한다.

이렇게 아이들의 용품을 구매하는 데는 많은 고민이 들어간다. 나는 옷 입는 것, 먹고 마시는 것에도 그렇게 큰 흥미를 가지고 있는 편이 아니라 대부분 검은색 옷이고 필요한 것이 있다면 새것을 구매하는 것보다 중고거래를 하는 편이기도 하다. 그렇지만 내 아이가 사용하는 물건들에 대해서는 내 기준을 적용하면 안 될 것 같았다.

그래서 SNS를 통해서 육아를 공부하기 시작했다. 실제로 도움을 많이 받았다.
그리고 나도 블로그에 육아와 관련된 주제를 다루기 시작했다. 왜냐하면 블로그에 올라와 있는 글들은 대개 도움이 되는 것들도 있지만 예전의 정보를 다루는 경우도 있고 장소라면 위치가 바뀌거나 공사로 인해 기존과 다른 점들이 있을 때가 있었다. 이러한 점들을 반영해서 내가 도움을 받은 만큼 다른 사람들에게 도움을 주고 싶었다.

육아 주제는 아니었으나 이전부터 블로그를 운영해왔다. 임신 이전에는 나의 관심사도 아니었다. 하지만 임신, 출산 그리고 이어지는 육아로 인해 나의 일상은 달라졌고 육아 블로그를 운영하는 사람들에 대한 관심도 자연스럽게 생겼다.

육아를 주제로 블로그를 한다는 것은 내가 생각했던 것보다 훨씬 다양하고 활발했다. 원래 나에게 블로그는 정보를 제공하는 수단에 불과했지만 육아 블로그와 관련된 커뮤니티는 단순한 정보 교환을 넘어서는 공감대를 보여주었다. 이들은 서로 댓글을 주고받으며 안부를 묻고 오프라인에서 만나 교류하기도 했다. 이러한 점들은 나에게 신선하게 다가왔다.

특히 육아하면서 느끼는 고충이나 경험에 관해 이야기할 수 있는 대상을 찾지 못했던 나에게 블로그는 새로운 소통창구가 되었다. 내 친구 중에는 출산은 커녕 결혼도 안한 경우가 많았기에 이러한 이야기를 할 수 있게 된다는 점은 나를 신나게 했다.

그렇다면 단순하게 신나는 감정만 있을까. 육아에 대한 글을 쓰면서 더 많은 것을 배우기도 했다. 예를 들어 아이의 성장 과정, 교육방법, 건강관리, 심리적 지원 등에 대해 기존에 알고 있던 것보다 깊이 있게 배우고 공감할 수 있었다. 다른 부모들의 사례를 보며 내 수준에서 생각해보지 못했던 부분들을 알게 되고 적용해볼 수 있기도 했다. 육아에 관한 블로그를 한다고 하면 단순하게 글을 쓴다고만 생각할 수 있는데 조금만 생각해보면 아래와 같은 장점들이 있다는 사실도 알게 된다.

첫째, 정보와 경험의 공유이다.
육아 블로그와 커뮤니티는 다양한 육아 관련 정보와 실제

경험을 공유하는 공간이다. 부모들은 개인의 경험을 토대로 개월에 맞는 성장수준과 고민, 건강과 관련된 정보, 교육방법 등에 대해 글을 작성하고 의견을 나누기도 한다. 이런 정보는 특히 처음 부모가 된 사람들에게 미래의 경험하게 될 일들을 간접적으로 체험하게 되는 기회가 될 수 있고 이를 토대로 마주하게 될 상황에 대한 해결책을 제공한다.

둘째, 감정적 지원과 공감대 형성이다.

육아는 때때로 외롭고 힘든 일이다. 육아라는 공통된 주제로 비슷한 상황을 겪는 다른 부모들과 소통할 수 있는 공간이 된다. 이를 통해 부모들은 감정적 공감대를 형성하고 자신의 경험을 이해하고 공감해주는 사람들과 만날 수 있다.

셋째, 창의적인 아이디어와 영감을 얻을 수 있다.

아이와 놀아주는 것은 부모에게 큰 숙제 중 하나다. 다만 어느 순간부터는 '어떻게 놀아줘야 하지'라는 생각을 하게 될 때가 있다. 이때 다른 부모들의 육아 방식과 놀이 아이디어를 참고하여 활용해볼 수 있다.

넷째, 자기계발과 학습이다.

육아에 관한 새로운 지식을 습득하고 소통하고 공감대를 형성하는 것도 있지만 동시에 자기계발의 관점에서도 도움이 될 수 있다. 가까운 예시는 이 책이 될 수 있다. 블로그에 글을 쓰던 평범한 아빠가 이렇게 책을 쓰는 색다른 경험을 하게 되었다. 이 장점은 비단 블로그만이 아니라 다른 플랫폼도 있을 수 있다. 대표적으로 브런치가 있다.

이처럼 육아 블로그를 한다는 것은 부모에게 정보, 사회적 연결, 아이디어를 준다는 측면에서 긴 육아의 여정을 조금 더 풍부하고 긍정적인 경험이 될 수 있도록 도움이 된다. 그리고 부모로서의 성장과 발전에도 도움이 되기도 한다.

<아빠가 전하는 육아 팁 5>

육아종합지원센터

육아종합지원센터는 지역마다 육아와 관련된 전반적인 지원을 하고 있는 정부기관입니다.

육아종합지원센터에서 지원하고 있는 목록 중 대표적인 것은 아이들이 가지고 노는 장난감이나 도서 대여가 있습니다. 이때 장난감을 빌리는 것은 부모님의 입장에서 큰 도움이 될 수 있는데요. 저는 장난감을 사줘도 잠깐 가지고 논 뒤 금방 흥미를 잃어버리는 아이에게 좋아하는 장난감의 취향을 확인해보는 것으로 활용하기도 했습니다. 키즈카페처럼 놀 수 있는 자유놀이실을 운영하고 있어 이를 활용해볼 수도 있습니다.

운영하는 지역마다 다를 수 있지만 돌상과 의상을 대여할 수도 있는데요. 시중에서 비용을 지불하고 대여하는 것과 퀄리티 차이가 나지도 않고 상대적으로 매우 저렴한 비용으로 셀프돌상을 준비할 수 있습니다.

이밖에도 영유아 놀이지도, 아이들의 발달상태 점검 및 부모교육도 운영하고 있습니다. 부모와 아이가 놀이를 함에 있어 미숙한 부분을 점검할 수 있고 또 건강상태를 확인할 수 있는 계기가 될 수 있습니다. 그리고 아이들이 참여할 수 있는 행사를 주최하기도 하는데요. 이를 통해서 아이와 추억을 만들 수도 있습니다.

육아에 대한 지원은 한 개개인에 대한 것에 그치지 않고 어린이집과 같은 보육기관들도 포함해서 진행하고 있는데요. 어린이집에서 활용할 수 있는 행사용품, 교구를 대여하는 사업도 운영하고 있습니다. 그리고 재원 중인 아이들의 안전과 교육을 위한 응급처치, 교사교육도 함께 운영하며 사회전반적인 육아의 질을 향상시키는 역할을 하고 있습니다.

6. 초보 아빠,
육아인플루언서 되다

직접 찾아보겠습니다

육아는 일상이 콘텐츠

이야기를 나눌 수 있다는 즐거움

아빠 육아가 이렇게 관심 받을 일인가요

<아빠가 전하는 육아 팁 6>
정보를 찾을 때 주의해야 할 점

육아휴직을 시작한 지 얼마 안 되었을 때의 나에겐 육아는 그저 잘 먹이고 잘 놀아주는 정도가 전부라고 생각했었다. 2~3시간 간격으로 수유를 해야 하는 신생아 때가 그랬다. 그리고 아이가 자라면서 오전에는 어린이집을 다니고 있었기에 오히려 육아가 예전보다는 수월하겠다고 생각했다.

아빠가 아이를 케어하는데 최전선에 뛰어든다는 것은 생각보다 외로운 길이다. 게다가 난 아내가 회사에 있는 동안에는 아이 돌봄에 대한 물음을 하고 싶지 않았던 편이다. 아내도 아내 나름대로 회사생활을 하고 있을 텐데 거기에 추가로 짐을 주기 싫었다. 그래서 본격적으로 인터넷으로 육아정보를 찾아보기 시작했다. 그렇지만 내가 찾아봐야 하는 정보의 범위는 넓었고 수월하다고 여겼던 육아는 수월하지 않았다.

당장 하원 후에 아이의 저녁 메뉴를 어떤 것으로 할지 찾아보게 된다. 나는 라면을 먹어도 되는데 아이도 똑같이 먹일 수 없다. 냉장고를 열어 뭐가 있는지 찾아보고 이걸로 할 수 있는 것들을 찾기 시작한다. 어설프게 칼질을 하고 또 볶는다. 어영부영 만들어낸 음식을 아기에게 먹인다. 이렇게 아기의 식사가 만들어진다. 하지만 평소 요리를 하던 게 아니다 보니 만들어진 요리는 스스로도 보기 민망했다. 아이야 모양새나 맛에 대해 말을 하지도 않지만, 더 나은 무언가를 해주고 싶은 마음이 생겼다. 육아 블로그를 하면서 잘하는 엄마, 아빠들을 많이 본 탓일까. 엉성하게 만들어진 음식을 보면서 변화가 필요하다고 느꼈다.

이후부터는 다른 엄마들의 요리를 참고하여 할 수 있는 범위 안에서 시도하기 시작했다. 처음에는 나 혼자 먹는 요리도 아닌 아이의 요리를 한다는 게 어렵게 다가왔다. 하면서도 이게 맞나 싶었다. 하지만 다행히도 아이는 부족한 아빠의 요리에도 잘 먹는 모습을 보여줬다.

그리고 아기의 건강과 관련된 정보를 찾아보기도 한다.

대표적으로 영유아검진이나 예방접종이 있다. 단순하게 맞혀야 할 시기가 되었을 때 맞힐 수 있지만 아이가 맞는 것이다 보니 어떤 효과가 있는 것인지 알고 있어야 한다고 생각했다. 예를 들면 일본뇌염 예방접종을 할 때 생백신과 사백신을 부모가 선택을 해야 하는 순간이 있는데 단순히 비용이 저렴하다는 이유로 맞힐 수 없지 않은가.

이렇듯 육아를 하다보면 다양한 선택에 기로에 서게 된다. 이런 상황에서 더욱 아이에게 올바르고 유용한 선택을 하기 위해 직접 관련된 정보를 찾아보기 시작했다.

한번 알려줬던 젓가락질을 다음 날 그대로 성공했던 아이다. 그때 우리 애가 천재인 줄 알았다. 엄청나게 큰 코딱지가 나왔을 때는 고구마가 나왔다고 말했는데 그 표현이 너무 웃기기도 했다.

언젠가는 가방을 메고 등원하고 싶다고 했다. 지금까지는 가방에 관심이 없었는데 갑자기 메고 싶다며 가방을 들고 다녔다. 최근에 여행을 갔는데 숙소에서 빈 아빠의 여행 가방을 메고 돌아다니기도 했다. 자기 키만 한 가방을 메고 돌아다니는 걸 보면 귀엽기도 하고 무슨 생각일까 궁금해지기도 한다.

한동안 하원 후에는 장난감 드럼을 꼭 쳤었다. 습관이었다. 아빠가 밥을 만드는 와중에도 꼭 아빠 옆으로 가지고 와서 드럼을 두들긴다. 평소에는 마음대로 따라주지 않는 거 같아도 나와 함께 하겠다는 마음으로 보여 기특해 같이 드럼도 치고 춤을 추기도 했다.

한때 이해가 잘 안되었던 것은 집까지 꼭 계단으로 올라가려고 했던 것이다. 아빠랑 손을 잡고 올라가는 것도 아니고 네 발로 겨우겨우 올라간다. 조금만 더 크면 한 걸음씩 계단을 오르내릴 수 있을 텐데 굳이 계단을 오르려는 이유를 사실 지금도 모르겠다.

아이의 행동에는 이유를 알 수 없는 호기심과 순수한 즐거움이 숨어있다. 이따금씩 보게 되는 행동이나 예상치 못했던 말들로 인해 웃음 짓게 되는 상황들이 이어진다. 특히 여름방학이나 겨울방학이면 아이와 하루 종일 있다 보니 에피소드가 끊이질 않는다.

물론 이러한 일상들이 모두 웃음과 연관되지는 않기도 한다. 가끔은 아이한테 짜증을 내기도 하고 또 목소리가 커지는 경우도 생긴다. 아마 모든 부모들이 비슷하지 않을까?

그리고 블로그에 이런 일상을 나만의 해석으로 올리기 시작했다. 댓글의 반응을 보면 비슷한 경험이 있다는 걸 알게 되기도 하고 내가 겪은 일보다 더 재밌는 일들이 있다는 것도 알게 됐다. 반대의 경우도 볼 수 있다. 아이가 크게 다치는 일을 보거나 아픈 모습을 보게 되는 경우에는 안타까움을 느끼기도 했다. 흔히들 말하는 '랜선'에서 보는 아이들이지만 괜히 감정이입이 더 하게 되는 내 모습을 볼 수 있었다.

이러한 일들이 계속되면서 다른 부모들의 이야기도 궁금해지기도 했다. 다른 아이들을 보면서 그때 우리 애는 어땠는데 이러면서 추억을 떠올리는 기회가 되기도 했다. 그리고 스스로가 오프라인보다는 온라인이 편한 사람이라고 생각하기도 했다.

실제로 오프라인에서 누군가를 만나는 일은 부모가 되면 쉽지 않다. 사회인이 되면서도 일이나 연애가 차지하는 비중이 커져 친구를 만나기 쉽지 않은데 부모가 되면 더욱 그렇다. 시간의 대부분을 가족 아니면 일로 보내게 된다. 친구를 만나려면 시간을 따로 빼야 하는데 상대도 그 시간이 맞아야 한다. 학창시절에는 친구가 많다고 생각했는데 사회인이 되고 결혼하고 또 부모가 되면서 점점 만나는 횟수가 줄어들었다. 설령 만나더라도 상대적으로 이른 나이에 아빠가 된 나와 다르게 주변 친구들은 육아는커녕 결혼을 하지 않아 공감대를 형성하는 대화를 하는 것이 어려웠다.

아내나 아이가 든든한 아군이긴 하지만 모든 일상과 고충을 토로할 수는 없다. 그렇다고 또 누군가를 만나기도 어렵다. 그래서 온라인으로 시선이 끌렸다. 공간과 시간에 관계없이 내 이야기를 할 수 있기도 했다. 그리고 전국에 나와 비슷한 관심사를 가진 누군가가 내 이야기를 봐주고 공감해줬다. 육아라는 공통된 관심사를 가지고 있는 사람이 주변에 있다는 생각은 괜스레 즐거움이 생기는 순간이었다.

처음 블로그에 육아와 관련된 글을 올리기 시작했던 이유는 아이를 키우면서 겪게 될 상황을 공부하는 차원이었다. 그리고 그걸 기록해서 나중에 필요할 때 다시 열어보기 위한 것이 첫 번째 목적이었다. 그런데 이제 와서 돌이켜보면 마음속 깊은 곳에서는 누군가와 육아와 관련해서 대화하고 싶다고 생각하고 있었을지도 모른다.

블로그를 육아라는 공통된 관심사를 가진 부모들과 소통할 수 있는 공간이라고 생각했었던 것 같다. 오프라인에서는 누군가와 대면하며 육아에 대해 이야기를 할 수 없다 보니 온라인에서 다른 사람들이 육아하는 모습을 보며 나도 거기에 끼고 싶은 마음이 생겼다.

그렇게 블로그를 통해서 사람들과 댓글을 주고받기 시작했다.

그들이 겪었던 상황들을 보면서 여기 애는 이런 일이 있었네, 여기 엄마는 이런 생각을 했었네, 여기 형제는 오늘 이런 일을 했구나하며 다른 사람들의 육아와 관련된 일상을 간접 체험하게 됐다. 방문한 블로그의 아이들 이름이 외워지기도 했다.

이러한 과정들에서 재미를 느꼈다. 내가 놀이터에서 봤던 엄마들끼리 어울렸던 모습을 온라인에서 하고 있었다. 엄마들에게 다가가고 그들의 아이와 친해지는 과정을 겪는 것 같았다. 물론 온라인에서 아이가 또래들을 만나는 건 아니었지만 말이다.

혹자는 그래도 결국은 온라인 아니냐는 의견이 있을 수도 있을 것 같다. 동의한다. 나도 온라인에 빠져 오프라인에서의 경험을 등한시하는 걸 좋아하지 않는다. 다만 온라인은 온라인만의 경험이 있고 오프라인은 오프라인만의 경험이 있다는 거다. 그리고 그 둘이 완전히 분리된 거라고도 생각하지 않는다.

온라인은 내가 언제 어디서나 할 수 있지만 오프라인은 그렇지 않다. 오프라인에서 친해지면서 연락처를 공유하기도 하고 단체방을 만들어 같이 일상을 나누기도 한다. 오프라인에서의 친목과 친밀이 온라인으로 이어지는 것이다. 또 이렇게 연락을 나누다가 시간이 맞으면 오프라인에서 만난다. 반대도 가능하다. 나의 대화상대가 될 사람이 꼭 집 주변, 같은 유치원을 다니는 부모일 필요는 없지 않은가.

아빠 육아가 이렇게 관심 받을 일인가요

남자가 육아휴직을 하는 것에 대한 사회적 인식이 점차 변화하고 있지만 여전히 많은 고정관념과 이중적 태도에 부딪히곤 한다. 실제로 나 자신도 이러한 고정관념의 그늘에서 자유롭지 못하다고 느낀다. 육아휴직과 육아 경험을 나의 블로그를 통해 공유하기 시작했을 때, 예상치 못한 관심을 받게 되었다는 사실에 놀랐다.

그중에서도 가장 놀라웠던 것은 어느 날 한 신문사에서 나의 육아휴직 경험에 대한 인터뷰 요청이 왔을 때였다. 나는 그저 평범하게 애보는 사람 중 하나라고 생각했는데 내 경험이 다른 이들에게 관심의 대상이 될 것이라고는 예상하지 못했다. 이러한 주목은 나에게 새로운 인식을 가져다주었다. 현재 사회가 저출산 문제와 이에 대한 대책에 주목하고 있으며, 내 이야기가 그러한 사회적 관심의 일부가 되었을지도 모른다는 생각이 들었다.

　정부에서 저출산 대책으로 내세우는 것이 크게 두 가지다. 하나는 주거, 다른 하나는 남성의 육아 참여 지원이다. 주거 부분에서 정부는 행복주택이나 신혼혜택, 신생아 특례대출과 같은 다양한 지원책을 통해 가격 상승으로 어려움을 겪는 부분을 해결하고자 노력하고 있다. 실제 집값 상승으로 인해 남성이 집을 구한다는 것에 대한 인식이 변하기도 했다.

　그러나 남성의 육아 참여에 대한 문제는 다소 복잡한 면이 있다. 여성은 임신과 출산을 통해 회사 업무와는 거리를 두게 되며 이로 인해 소득이 줄어드는 경우가 많다. 과거에는 여성이 주로 육아에 전념하고 남성은 주로 직장에서 일에 전념하는 구조가 일반적이었다. 이로 인해 여성이 주양육자로 여겨지는 인식이 형성되었다고 생각한다. 그러나 시대가 변화함에 따라 여성의 커리어와 경력도 중요해지고 맞벌이 부부가 늘어나는 등 사회 구조도 변화했다.

맞벌이가구 비중

단위 : %
통계 출처 : 통계청 지역별고용조사
#경제활동 #가족 #가구

2022
● 맞벌이가구 비중 **46.1**

2018   2019   2020   2021   2022

통계청에 따르면 2022년 기준으로 맞벌이 부부의 비율은 46%로 나타난다. 이 비율은 매년 조금씩 상승하고 있는데 우리가 알고 있거나 일상에서 보게 되는 부부 중 하나는 맞벌이 부부라는 것을 의미한다. 이러한 모습은 현대사회에서 자주 나타나는 현상이다. 그리고 이는 출산율에도 영향을 미치고 있다. 그 이유는 아이가 어리면 육아에 전념하는 사람이 결국에는 필요하기 때문이다. 부모 중 한 명이 외부에서 일을 하고 다른 한 명이 아이를 돌보거나 시댁이나 친정에 아이를 맡기는 경우가 많다. 이러한 상황에서 출산율이 낮아지고, 때로는 '황혼육아'라는 용어가 등장하는 것이 현실이다.

맞벌이 부부가 되면, 일단 아이를 돌볼 사람이 없게 되는 문제가 발생한다. 어린이집에 다니는 선택을 하더라도 등원과 하원을 할 때는 결국 부모의 손길이 필요하고 이게 불가할 때는 조부모 또는 등·하원 도우미를 구하기도 한다. 그런데 반대로 육아에 전념하게 되면 경력 단절 문제가 발생하고 이는 수입 감소로 이어질 수 있다.

요즘같이 물가가 가파르게 오르는 시점에는 월급이 오르는 것보다 생활비가 오르는 것이 더 부담이 된다. 이렇게 육아로 인해 수입 감소로 이어지게 된다면 결국은 아이도 힘들고 부모도 힘들어지는 상황이 될 수 있고 결국에는 출산 단념으로 이어지게 되는 것이다. 지금 현실에서 육아는 딜레마의 연속이다.

전통적인 남성과 여성의 육아 역할 분담 인식은 여전히 남아있지만, 현재 사회는 더 육아 친화적으로 변화하고 있다. 그럼에도 불구하고 아직은 많은 과제와 어려움이 남아있기도 하다. 그래서 나와 같은 사람들의 이야기가 주목받게 되는 것 같다.

<아빠가 전하는 육아 팁 6>

정보를 찾을 때 주의해야 할 점

　육아를 처음 하는 엄마, 아빠들에게 육아는 선택의 연속입니다. 이에 도움을 받고자 스마트폰을 열어 검색하고 관련된 동영상을 시청하기도 합니다. 저 역시도 그런 과정을 거쳤고 지금도 겪고 있습니다. 그렇지만 인터넷에서 접하게 되는 정보들이 실제와는 다를 때가 있기도 합니다.

　그래서 습득하고자 하는 정보가 맞는지 검증하는 과정을 가지시는 것을 권해드립니다. 저의 경우에는 블로그나 유튜브를 통해서 정보를 접했는데 단순히 하나의 글, 하나의 동영상을 보고 결정하지 않으려고 하고 있습니다. 필요하다면 기관에서 발표한 자료를 보기도 했습니다. 또는 블로그나 유튜브에서 다룬 정보가 과거의 정보를 기반으로 만들어진 것이라면 필요한 현재의 나의 상황에 적절치 않을 수 있기도 합니다.

그리고 내 아이에게 적용해도 될지 충분한 고민이 필요합니다. 특히 건강과 관련된 부분이 그렇습니다. 아이마다 증상이 다르게 나타날 수 있고 대처하는 방법이 다를 수 있습니다. 그렇기에 가급적 건강과 관련된 부분은 전문가의 의견을 듣는 것이 좋다고 생각합니다.

반면에 도움이 되는 부분들도 있습니다. 개인적으로는 아이의 안전과 관련된 부분에서 도움을 많이 받았는데요. 아이가 겪을 수 있는 안전사고를 간접경험을 통해 예방법을 숙지하거나 필요한 물품을 구입하는 데에 적용할 수 있었습니다.

7. 어느 날 갑자기,
육아 번아웃

- - - - - - - - - - - - - - - - - - - -

자기주장이 생기기 시작한 아이를 보며

예민해진 나를 느낀 시점

공감능력 없는 남편일까 생각하곤 합니다

- - - - - - - - - - - - - - - - - - - -

<아빠가 전하는 육아 팁 7>

육아로 인한 번아웃

자기주장이 생기기 시작한 아이를 보며

출산하기 전부터 아이와 하루라도 빨리 쌍방향으로 의사소통이 되기를 바란다고 말해왔었다. 말이 통하게 되면 뭔가 재밌어질 것 같다는 단순한 이유 때문이었다. 하지만 아이가 언어를 익히는 과정은 내가 생각했던 것보다 훨씬 복잡하고 단계적이었다. 처음에는 단순한 울음소리와 기본적인 소리내기로 시작하여 점차 의미 있는 단어를 모방하고 이후 간단한 문장을 말하기 시작한다. 이 과정은 아이가 자신의 생각과 감정을 표현하는 방식으로 점차 발전한다. 나는 이러한 의사소통이 가능하기까지의 과정을 고려하지 못했다. 마치 스위치가 켜지듯이 갑자기 아이와 완벽한 의사소통이 가능해질 것이라 생각했던 것 같다.

시간이 지나면서 아이와 대화를 할 수 있게 되면서 동시에 자기주장이 생기기 시작했다. 이는 자녀가 자신의 의견을 형성하고 표현하는 단계일 것이다. 그리고 자립심과 자기표현 능력발달을 나타낸다. 예를 들어 밥을 먹을 때 한 번에 먹는 날이 점차 줄어들고 양치질할 때도 순순히 하는 경우가 적어졌다. 아이가 입을 옷을 스스로 고르고 싶은 날도 생기기 시작했고 특정 음식을 거부하고 놀이시간이나 잠자리 시간에 대해 자신이 원하는 바를 표현하기도 한다. 이러한 행동은 흔히들 말하는 '아니야 병'과 '왜 병'의 형태로 나타난다. 그리고 동시에 나는 '안돼.'라고 말하게 되는 빈도수가 많아졌다. 솔직히 말하면 나는 이 과정에서 버거움을 느꼈다.

하지만 현재까지도 함께 하고 있는 이러한 일상들이 자녀의 독립적 사고와 결정력을 기르는 과정이라고 생각하기도 한다. 아이의 의견과 감정을 존중하고 표현하는 것을 경청하는 것이 필요하다는 것도 알고 있다. 그렇지만 아이에게 선택의 자유를 주되 그 결정이 안전하고 적절한지를 판단하는 몫은 부모가 해야 한다. 예를 들어 아이가 옷을 고른다면 선택을 존중하지만, 날씨나 상황에 맞는 조언을 할 수 있다.

이러한 상호작용은 아이가 자기 생각과 감정을 효과적으로 표현하는 능력을 키우는 데 중요한 역할을 한다. 부모의 역할은 아이가 안전한 환경에서 자유롭게 의견을 표현하고 선택할 수 있도록 하는 것이다. 이 과정은 때로 도전적이고 무모하게 보이는 일이 생길 수 있다. 하지만 아이의 성장과 발달에 필수적인 부분이라 생각한다.

나는 아이가 좋은 경험이든 나쁜 경험이든 최대한 많은 경험을 하게 해주는 것이 좋다고 생각한다. 여기서 내가 말하는 나쁜 경험이란 아이 나름의 실패를 경험해보고 이를 극복

해나가는 과정을 말한다. 하지만 여러 가지 행동에 제약을 하게 되는 내 모습을 돌이켜보면 어떤 때에는 '너무 하고 싶은 대로 하게 했나.', '아이를 대하는 모습이 잘못되고 있지 않았었나.'라는 생각이 들기도 했다. 이런 상황이 힘들지 않았다면 거짓말이다.

아이가 말을 시작한다고 해도 그게 바로 완벽한 쌍방향 의사소통으로 이어지지 않는다는 걸 고려하지 못했다. 말만큼이나 중요한 사고과정이나 행동양식 등이 함께 있지 않으면 '아니야'와 '왜'라는 아이의 말은 부모를 지치고 힘들게 한다. 그리고 지쳐가는 내 모습이 느껴지기 시작했다.

이러한 과정을 냉정하게 바라보면 아이의 좋고 싫음에 대한 본인만의 기준이 생긴다는 것 그리고 시행착오를 통해 행동양식을 익힐 수 있다는 점에서 당연하게 겪어야 할 과도기라고 생각하기도 한다. 다만 이 시기를 지나치고 있는 부모와 그 아이라면 스트레스를 받거나 주지 않는 선에서 잘 대처해야 하지 않을까.

예민해진 나를 느낀 시점

육아휴직을 하고 5개월이 되던 시점이었다. 아내로부터 내가 예전부터 짜증이 늘었다는 말을 들었다. 이 말을 듣고 나는 놀랐다. 왜냐하면 당시에 스스로 짜증이 늘었다는 것을 느끼고 있었고 이와 동시에 아이나 아내에게는 티를 내지 말아야겠다고 생각을 했기 때문이다.

언젠가 인터넷에서 '육아 번아웃'이라는 단어를 본 적이 있다. 처음에 그 단어를 봤을 때 나와는 거리가 먼 이야기처럼 들렸다. 하지만 아내의 말을 듣고 나니 내가 바로 그 '육아 번아웃' 상태에 놓여 있었단 걸 깨달았다. 매일 반복되는 루틴, 쉴 틈 없는 아이의 요구에 대응하면서 내 감정을 제대로 관리하지 못하고 있었다.

육아를 만만하게 보고 뛰어든 것은 아니었지만 실제로 체감하게 되는 것은 상상을 뛰어넘었다. 특히 미운 세 살과 네 살의 중간에 있던 당시의 아이는 정말 말을 안 들었다. 육아를 하는 사람들이 흔히들 말하는 '싫어 병'이 정점에 있던 순간이기도 했었고 큰 소리를 내거나 화를 낼 수도 없기에 한숨 쉬는 빈도수가 늘어갔다.

이 시기에 미운 세살이라는 단어가 왜 생기게 되었을까라고 고민했던 적이 있다.

이맘때의 아이들은 본인의 행동에 대한 결괏값을 예측하지 못하고 행동양식에 대한 기준이 모호하다. 이 두 가지가 결합된 아이와 이를 모두 알고 있는 부모의 차이가 미운 세살이라는 단어를 만들어냈다는 결론에 이르렀다. 쉽게 얘기하면 '애가 잘 모르니까.'라고 얘기할 수 있겠다.

또 아이의 입장에서 생각해보면 아이가 무언가 원하는 것이 있어 그럴 수도 있다. 그리고 부모가 그걸 캐치하지 못해서 더 반대로 행동할 수 있다. 그렇다면 이런 상황이 되어버린 원인은 부모에게 있으니 내가 노력하면 해결되겠다고 생각해보기도 했다. 다만 생각만 이렇게 할 뿐 실제로 상황을 겪게 되면 한숨만 나왔다.

이에 대한 고민을 거의 일주일 동안 매일 자기 전에 누워서 생각해봤다.

나름의 결론은 이거였다. '내 생각대로 행동하길 바라지 않기.' 부모로서 우리가 아이에게 기대하는 것과 아이가 실제로 행동하는 것에는 간극이 있을 수밖에 없다는 당연한 사실을 그제야 다시금 깨달았다.

부모의 기대와 아이의 실제 행동 사이 간극은 스트레스를 받게 되는 원인이 될 수 있다. 부모의 생각대로 아이가 행동하고 따라주길 원하는 욕심은 그만큼의 스트레스를 동반한다. 욕심의 크기가 클수록 스트레스는 커진다. 이는 결국 '육아 번아웃'으로 이어질 수 있다고 생각했다.

아이를 바라보는 나의 시각에도 변화가 필요하다고 느꼈다. 아이도 하나의 독립된 인격체이고 나이에 맞는 행동양식과 생각이 있다는 것을 인정해야 한다. 어른의 기준과 기대를 아이에게 그대로 적용한다는 것은 비현실적이다. 아이들은 그 나이에 맞게 그리고 본인만의 방식으로 세상을 경험하고 배운다.

이러한 생각을 하게 되면서 이전보다 더 너그럽고 이해심 있는 부모가 되려고 노력했다. 아이가 부모의 말을 100% 이해하고 따른다는 것이 불합리하다는 사실을 다시금 알게 됐다. 그리고 아이의 독립적인 생각과 행동을 이해하고 지지해 주는 것이 부모로서의 나의 역할이라고 여기게 되었다.

그 이후로는 도움이 필요하다면 아빠, 엄마를 포함해 상대방에게 도움을 요청할 수 있다는 방법에 대해서 알려주려고 노력했다. 그리고 가능하다면 아기의 의도를 파악하고 받아들여 줄 것은 받아들여 주되 아니 부분에 대해서는 짚어주려고 노력했다. 그리고 부모를 포함한 다른 사람과의 상황에서 지켜야 하는 사회규범과 규칙에 대해서는 보다 더 단호하게 했다. 이 시기의 아기들에게는 자립심을 심어주겠다는 변명으로 사회구성원으로서 알고 있어야 할 규범들을 가르치길 무시해서는 안 된다고 생각했기 때문이다.

한때 육아하는 부모를 비하하는 단어들이 유행했던 것을 보며 사회성에 대한 중요성을 생각했던 적이 있다. 내 아이가 소중한 존재이듯이 다른 사람도 누군가의 소중한 사람이다. 아이가 사회구성원으로서 잘 성장하려면 이러한 점도 함께 알려줘야겠다고 생각했다. 지금 하는 행동과 말이 다른 사람들에게 어떻게 느껴지고 영향을 미치는지 알아야 다른 사람에 대한 배려도 생긴다.

육아나 아이에 대한 비판과 비난은 사람을 향한 것이기도 하지만 인식으로 이어지기도 한다. 안 좋은 인식은 결국 사회 전체로 퍼지기도 한다. 꼬리를 물고 이어지는 부작용의 끝은 '나는 저런 부모가 안 되어야지, 나는 애 낳아서 저런 소리 안 들어야지.'로 이어질지도 모른다. 내 작은 편안함과 안

일함이 사회 전체로 영향을 줄 수도 있다. 이러한 고민과 상황이 이어지니 예민해진 내 모습을 보게 되었다.

아이를 대하는 부분에 대해서만 변화가 필요할까? 나 역시도 변화가 필요했다. 나의 감정적인 상태가 아내와 아이에게 영향을 미치고 있었고 이는 처음 육아휴직을 결심했을 때 아이와의 시간과 추억을 쌓는 기간을 보내고 싶다는 목적과 반대되는 상황이었기 때문이다.

그때부터 매일 달리기를 시작했다. 육체적인 활동을 통해서 부정적인 감정을 배출해야 할 필요성을 느꼈다. 스트레스를 관리할 방법을 찾아봤다. 그리고 생각이 필요할 때면 모두가 잠든 밤에 밖에서 잠깐 걷는 시간을 가지기도 했다.

육아를 하면서 스트레스를 받지 않는 사람이 있을까? 이런 생각도 하게 됐다.

처음 육아를 하는 다른 사람들은 어떻게 대처했을까, 나와 비슷했을까. 나만 유독 이상하게 스트레스를 받는 것일까. 혹은 아빠로서의 그릇이 작아서 아닐까하는 생각도 하게 되었다. 무엇이 되었든 결국 내가 아빠란 사실은 변함이 없다. 아내가 엄마가 처음 되었듯이 나도 아빠라는 역할을 처음 해보는 것이기에 겪게 되는 과도기라고 생각했다.

그리고 또 다른 생각도 하게 되었다.

이제 와서 내가 느끼는 감정들을 아내도 예전에 아이를 처음 보는 상황일 때 느끼지 않았을까.

공감능력 없는 남편일까 생각하곤 합니다

이따금 아내와 의견차이가 생길 때가 있다. 그러다 문득 '내가 공감능력이 부족한 건 아닐까.'라고 생각했던 적이 있다. 공감능력의 부재는 남성과 여성 간 의사소통 방식의 차이에서 자주 발생하는 문제 중 하나다. 이 문제는 연인을 떠나 가족 간에서도 발생한다.

　많은 여성이 남자친구 혹은 남편에 공감능력에 대해 의문을 가지는 모습을 어렵지 않게 볼 수 있다. 당장 인터넷에 '공감능력'으로 검색을 해봐도 공감능력이 부족한 남자친구 혹은 남편에 대한 글이 수십 개씩 나온다. '공능제(공감능력제로)'라는 줄임말이 나올 정도로 여성들은 공감 능력을 중요시한다.

　반면 나를 포함한 남성들은 종종 공감보다 해결책을 제시하는 것을 우선시하는 경향이 있다. 한때는 이에 대한 궁금증을 진화론적인 역할 분담에서 시작된 것이 아닐까라고 생각해보기도 했다. 하지만 지금은 이러한 관점을 넘어서는 것이 필요하다.

　과거의 나 역시 어떤 문제에 직면했을 때 즉각적인 해결책을 찾는 데 집중했다. 예를 들어 아내가 힘든 하루를 보냈을 때 나는 그녀의 감정을 깊이 이해하기보다는 어떻게 문제를 해결할 수 있을지에 대한 조언을 먼저 했다. 하지만 이러한 방법은 때때로 아내와의 소통에 장애를 가져왔고 그녀의 감정적 필요를 충분히 채우지 못했다.

지금 와서 돌이켜보면 과거 누군가의 고민, 연애상담과 같은 일이 있을 때면 상대방의 감정 상태보다는 고민에 대한 최선책을 제시하는 것에 몰두하게 되고 우선시했던 나였다.

그리고 이 부분은 현재 진행형이다.
다만 현재에 이르러서는 조금은 바뀌었다고 생각한다.
최초의 시작점이 달라졌다고 말할 수 있다.

그전에는 자신만을 위한 상황과 선택에 대한 고민이었다면 지금은 아이와 아내에게 더 나은 상황, 선택을 위한 것으로 나에서 가족으로 최초의 출발선이 바뀌게 된 것이다. 어찌 보면 공감능력에 대한 부분은 달라진 것이 없다고 여길 수 있지만 그 출발점이 가족이 되었다는 점에서는 조금은 긍정적으로 해석할 여지가 있지 않을까.

　이러한 고민을 하게 된 이유는 내 모습을 딸아이가 닮지 않기를 바라기 때문이기도 하다. 자식은 부모의 거울이라는 말이 있지 않은가. 문제를 해결하는 것이 우선인 성격이 장점이라고 할 수도 있겠지만 반대로 분명한 단점을 알기 때문에 그렇다. 그래서 아이와 대립하는 상황이 놓일 때면 제일 먼저 아이의 감정 상태에 대해서 언급하기 시작했다.

　부모의 말에 곧잘 따르는 것만이 착한 아이라고 생각하지 않고 아이 기준에서 느낄 수 있는 수고스러움과 부모의 의견에 따라준 것에 대한 고마움을 표현하려고 노력해야 한다고 생각했기 때문이다.

<아빠가 전하는 육아 팁 7>

육아로 인한 번아웃

번아웃(Burn Out)이라는 단어는 한 번쯤 들어보셨을 것 같습니다. 보다 정확히는 '번아웃 증후군'이라는 이름으로 불리고 있는데요. 일반적으로는 번아웃이라고 하면 회사생활을 하면서 겪게 되는 모습을 상상하곤 합니다. 하지만 육아를 하면서도 번아웃을 겪게 됩니다.

아이가 밥을 잘 안 먹는다는 이유로, 아이가 말을 잘 듣지 않는다는 이유로.

육아를 하며 겪게 되는 다양한 상황들은 스트레스로 이어지고 번아웃에 이르게 되는 것이죠.

그리고 번아웃의 증상은 사람마다 다양하게 나타납니다. 실제로 두통을 겪기도 하고 무기력으로 나타나는 경우도 있습니다. 저는 평소보다 예민하게 반응하게 되는 방식으로 나타났습니다. 아이와 아내에게 짜증을 내는 빈도가 늘어난 것이죠.

번아웃을 극복하는 방법도 사람마다 다릅니다. 누군가와 대화를 하면서 극복할 수 있습니다. 또는 자신이 좋아하는 것을 하면서 시간을 보내는 것이 방법이 될 수 있습니다. 저와 같이 신체활동을 하는 것이 방법이 될 수도 있는데요. 저는 아이가 등원한 뒤에는 매일 3km가량을 뛰었습니다.

동시에 아이를 대하는 방식에 대한 고민을 해볼 필요도 있습니다. 본문에서는 '내 생각대로 행동하길 바라지 않기.'라고 다뤘는데요. 꼭 저와 같이 생각하실 필요는 없습니다. 다만 육아로 스트레스를 받는 상황에 놓이셨다면 한 번쯤은 고민해 볼 필요가 있는 주제입니다.

그리고 저는 달리기를 선택했지만 이 글을 보는 여러분들도 자신만의 스트레스 관리하는 방법을 찾는 시간을 가져보시기를 권해드립니다. 아이가 커가는 모습을 지켜보는 것이 흐뭇하고 보람찬 일이라는 점은 동의하지만 동시에 부모의 피로감도 커갈 수 있기 때문입니다.

8. 아빠도 육아로 인해 퇴사를 합니다

어라? 내 자리가 없다

네, 퇴사 제가 해보겠습니다

육아휴직과 복직, 존재하는 사각지대

어떤 아이로 성장하길 원할까

좋은 부모 호소인

어라? 내 자리가 없다

복직이 다가올수록 육아휴직을 하고 있는 입장에서 많은 고민을 하게 된다. 그중 내가 비중 있게 생각했던 것은 기존의 업무를 지속해서 할 수 있는지였다. 실제로 그런 사례를 주변에서 많이 보기도 했는데 그 대상이 내가 되지는 않기를 바랐다. 복직 후에 다른 업무를 맡게 되거나 타 부서로의 발령은 휴직을 선택하는 사람에게 큰 부담이다.

회사의 관점에서 볼 때 육아휴직자의 자리를 1년간 비워두는 것은 비효율적이다. 1년이라는 기간 동안 공석으로 휴직자의 자리를 둘 수는 없다. 당연히 그 자리를 다른 사람이 대체하게 된다. 그리고 대체자가 업무를 처리할 수 있도록 교육하고 시간을 투자하게 되는데 휴직자가 복직하게 된다면 그 사람은 또 다른 업무로 배치해야 하는데 이것은 효율적이지 않다. 그래서 육아휴직 대체자로 인원을 충원하기도 하지만 이마저도 하지 않는 경우가 있다. 결국 기업은 최대한의 효율을 추구하는 곳이다.

이러한 상황은 회사마다 개인의 상황에 따라 다르게 해석될 수도 있다. 어떤 경우에는 타 부서로의 재배치가 새로운 업무와 도전의 기회가 될 수 있다. 반면 기존에 쌓아온 커리어와 단절될 위험도 있다.

내 경우는 조금 복잡했다. 내 자리를 대체하기 위해 타 부서의 선배가 옮겨왔고 내 자리는 사실상 없어진 상태였다. 복직을 앞두고 팀장님과 통화하는 과정에서 퇴사 예정자로 인해 생기는 공석에 대한 면접계획을 듣기도 했다. 이를 통해 회사는 나의 복직보다는 새로운 인력 채용을 고려하고 있음을 알게 되었다.

복직까지의 시간이 남아 있었지만, 회사는 내 자리를 비워두지 않을 것이 분명했다.

복직 후의 배치에 관해 물었을 때 팀장님의 애매한 답변을 듣고는 내가 예전에 맡았던 업무를 다시 하기는 어렵겠다는 생각이 들었다. 이러한 상황은 나에게 커다란 혼란과 불확실성을 가져다주었고 내 커리어에 대한 재고를 할 수밖에 없게 만들었다. 육아휴직 후 복직은 단순히 일터로의 복귀가 아닌 새로운 전환점이 될 수 있다는 것을 깨달았다.

생각 끝에 내가 내린 결론은 퇴사였다. 현실적으로 복직을 하게 되더라도 기존에 했던 업무를 하지 못할 것이라는 것이 기정사실이었고 만약에 다른 지역으로 발령이라도 나게 된 다면 돌아오는 리스크가 너무 컸다. 가족의 안정성과 우리의 생활 방식을 유지하는 것이 우선이었다.

퇴직을 결심하며 가장 큰 걱정은 당연히 경제적인 부분이 었다. 다시 취업 시장에 나서야 하고 재정적인 공백을 최소 화하기 위한 준비가 필요했다. 만약 즉시 새로운 일자리를 찾지 못한다면 소득 공백에 대한 대처를 해야 한다.

경력단절은 여성뿐만 아니라 남성에게도 적용되는 현상 이다. 퇴직이라는 결정은 경력에 큰 변화를 가져오고 재취업

시장에서 새로운 도전을 마주하게 된다. 이러한 변화는 개인의 커리어뿐만 아니라 가족 구성원 모두에게 영향을 미친다.

이렇게 나의 육아휴직은 끝이 보이길 시작했다.
이제 육아휴직이 아닌, 그냥 육아의 시작이다.

나의 경험이 모든 사람에게 적용되는 일반적인 사례가 될 수는 없겠지만, 나의 결정과 생각을 공유함으로써 육아휴직에 대해 고민하는 이들에게 도움이 될 수 있다고 믿는다. 특히 육아휴직을 고려하고 있는 남편이나 미혼의 남성들에게 나의 경험이 선택을 함에 있어 도움이 되길 바란다.

육아휴직을 한다는 것은 포기해야 하거나 잃게 되는 부분도 있지만 분명하게 얻는 부분도 있다.

그게 아이 혹은 아내와 관계가 될 수 있기도 하고 본인의 커리어가 될 수 있다. 일과 가정생활의 균형을 찾는 데 도움이 되는 시간이 되기도 하고 인생을 바라보는데 다른 시각을 트이게 만드는 계기가 될 수 있다.

퇴직을 결정하면서 가장 먼저 떠오른 걱정은 육아휴지 중 누적된 사후지급금이었다. 육아휴직을 사용하면 정부에서 지급하는 육아휴직 급여가 있는데 이 금액의 일부는 매월 공제되는데 이를 사후지급금이라고 불린다. 그리고 누적된 사후지급금은 동일한 회사에 복직하여 6개월 이상 근무하면 받을 수 있다. 하지만 육아휴직 후 복직이 아닌 퇴사를 선택하는 경우 이를 받을 수 없는 경우가 발생한다.

먼저 육아에 한정해 퇴사 후 사후지급금을 받기 위해선 '비자발적인 육아로 인한 퇴사'라는 조건을 충족해야 한다. 하지만 실제로 이러한 조건을 만족하는 것이 어렵다. 나의 상황을 예로 들어보겠다.

'비자발적인 육아로 인한 퇴사'를 인정받기 위해선 회사와 근로자가 작성해야 하는 서류에는 회사 규정상 퇴사 대신 휴가나 휴직을 부여할 수 있는지 근로자 입장에서는 퇴사 대신 휴가나 휴직을 사용할 수 있는지 등을 확인해야 한다. 내 경우에는 회사 규정에 따라 1년간의 무급휴직을 사용할 수 있는 조항이 있었기 때문에 사후지급금을 받기 어려웠다.

위 언급한 회사 규정상 퇴사 대신 다른 휴가나 휴직을 부여할 수 있는 부분은 사후지급금을 받기 위해서는 무급휴직까지 모두 사용하고 정말 다른 선택지가 없는 경우에만 지급하겠다는 의미로 볼 수 있다.

그럼 현실은 어떨까.

만약 1년 동안 육아휴직 급여를 받으며 가계를 유지하고 있는 사람이 무급휴직을 선택하게 된다면 수입이 전혀 없게 되는 상황을 의미한다. 만약 현재 직장에서 아이를 어딘가에 맡기거나 등·하원 시간에 맞추지 못하는 상황이 지속되어

다른 회사로 이직을 고려해야 한다면 자연스럽게 퇴직을 생각할 수밖에 없다. 그리고 이러한 상황에서 1년 동안 누적된 사후지급금을 받게 된다면 경제적인 부담을 덜어줄 수 있다.

내가 이렇게 생각했다. 퇴직과 사후지급금을 선택하고 훗날을 준비하는 것이 합리적인 선택이라고 여겼었다. 하지만 회사 사규에 있는 다른 휴직 조항이 존재해서 사후지급금을 받기 어려울 수 있다는 사실도 알게 되었다. 고용센터에 방문해 이 부분에 대해 상담 받았을 때, 이러한 사각지대가 있다는 사실도 알게 되었다.

이러한 사각지대는 육아휴직 제도의 현실적인 문제점을 드러낸다.

육아휴직 후 복직이 아닌 퇴직을 선택해야 하는 상황에 부닥친 많은 근로자들이 사후지급금을 포기하는 경우가 있다. 비단 이 문제는 여성뿐만 아니라 남성에게도 적용되는 문제다.

어떤 아이로 성장하길 원할까

누군가가 나에게 아이를 어떻게 키우고 있냐고 묻는다면 '최대한 다양한 경험을 제공하려고 노력한다.'라고 말할 것 같다. 이 경험들은 단순히 즐거움을 넘어서 아이가 실패와 성공을 통해 배울 수 있는 것들을 포함한다. 그리고 내가 말하는 '나쁜 경험'이란 어려움을 마주하고 그것을 극복하는 과정에서의 경험을 의미한다. 나는 아이가 이러한 경험을 통해 포기하지 않는 마음, 끈기나 인내 같은 것을 배우기를 바란다.

그리고 내가 말한 다양한 경험이라는 단어의 기준은 아이 스스로가 노력을 통해 성취감을 느낄 수 있는 경험이라고 풀어서 말할 수 있다. 이는 실생활 속 아주 사소한 것들로부터 시작된다.

스스로 신발신기, 친구에게 장난감 양보하기, 친구와 음식 나누어 먹기. 이 과정에서 아이들은 신발에 발을 넣기 위한 노력을. 장난감을 양보하기 위해서는 절제하는 마음을 가지기 위한 노력 등을 하게 된다고 생각한다. 이외에 다양한 외부활동을 통해 하는 경험도 포함이다.

지금 시기의 아이들은 경험해 본 것들보다 경험하지 못한 것들이 더 많기에 매일이 새로운 경험의 연속이다. 성공과 실패를 계속해서 경험시켜주는 방향으로 아이를 대하고 있다. 이러한 경험들이 누적되어 궁극적으로 스스로 무언가를 할 수 있게 되는 원동력이 될 거라고 생각하고 있다.

개인적으로는 음식을 만들 때 아이와 함께 만드는 것을 선호한다. 식재료를 만져보고 잘라보고 손질한 재료들이 조리되는 과정을 지켜보고 완성된 것을 같이 먹어보는 일련의 과정에서 성취감을 느낄 수 있다. 그리고 아기 본인이 기여한 음식을 엄마, 아빠가 맛있게 먹어주는 리액션을 보면서 좋아하기도 한다. 이러한 것들이 아기에게 스스로 무언가를 하고자 하는 동기부여가 될 수 있다고 생각한다.

그렇다면 왜 육아를 하면서 아기가 경험하는 것을 비중 있게 생각하냐고 누군가 묻는다면 내가 그렇게 살아왔기 때문이라고 말할 수 있다.

난 어렸을 때 무언가 끈기 있게 하는 일도 드물었고 또 쉽게 포기하는 경향도 있었다. 공부를 잘하는 편도 아니었고 그렇다고 특출난 장기가 있는 것도 아니었다. 20대 중반이 되었을 때 어느 시점부터 조금씩 작은 성공들을 접하게 되었는데 그때 '어? 나도 하면 되는구나.'라는 생각을 하게 되었다.

이런 생각을 가지게 된 순간부터 무엇인가 계속 생각했던 것을 시도했고 유의미한 결과물들이 나오기 시작했다. 그리고 이런 감정을 아이도 느껴보길 바라고 있다.

좋은 부모 호소인

'나는 좋은 부모가 되어야지.'

이 문장은 임신을 계획하고 있거나 출산을 앞둔 사람 그리고 현재 아이를 키우고 있는 부모라면 한 번쯤 생각하게 되는 문장이 아닐까 싶다. 나 역시도 마찬가지였는데 최근 들어서 좋은 부모가 무엇인지에 대해 고민하게 됐다.

사실 지금까지 좋은 부모라고 함은 아이의 의견을 존중해주고 생각하고 있는 바를 이루게 하는 일종의 조력자의 역할을 하는 것이라고 생각해왔다. 그리고 이러한 양육태도가 다른 부모들 사이에서도 좋은 부모의 이미지라고 여겨진다고 생각했다.

그래서인지 의사소통이 조금씩 되면서부터는 아이에게 무

엇이 하고 싶은지 의견을 묻는 일이 많아지기도 했다. 아이가 하지 않아야 하는 행동을 했을 때는 하면 안 되는 이유와 설명하며 설득하기도 했다. 그런데 이런 물음과 설득의 과정을 아이가 어떻게 받아들이고 있을지를 깊게 생각하지 못했다. 어쩌면 나는 아이를 고려하지 않은 내 기준에 부합하는 좋은 부모가 되고 싶다는 생각뿐이었던 것 같다.

최근에 한 영상을 접하게 되었는데 영상의 핵심은 이렇다. 아이에게 적절한 지시와 안내가 필요하다고 말이다. 부모와 자녀 사이에서는 일정한 권위와 명확한 지시를 내리는 것으로 아이가 안정감을 느낀다고도 말했다. 규칙 속에서 안정감을 느끼고 이후에 아이 본인만의 무언가를 만들어간다는 것이 영상의 포인트였다. 그리고 아이에게 원하는 것이 무엇인지 묻는 행위는 이후 문제가 생겼을 때 아이에게 책임을 전가하기 위한 부모의 화법일 수도 있다는 의견도 들었다.

이 대목에서 아찔함을 느꼈다.

'네가 이거 하자고 그랬잖아.'

왜냐하면 실제로 내가 이런 언행을 해왔기 때문이다.

누군가가 나에게 좋은 부모가 무엇이냐고 묻는다고 하면 몇 가지 떠오르는 단어들이 있다. 친구 같은 부모. 아이의 의견을 존중하는 부모. 대체로 민주적인 이미지를 띄고 있는 모습들이 좋은 부모라고 생각해왔다.

언젠가부터 권위라는 단어에 대한 인식이 상당히 부정적으로 변하게 되었다는 걸 느낄 수 있었다. 돌이켜보면 이러한 기준을 매우 어린 자녀와의 관계에서도 동일하게 적용하기에 아직 이르다는 의견이 틀리다고 생각하지 않기도 한다.

아빠라는 타이틀을 달기 시작한 지 어느덧 1,080일.

전체 인생에서 9%에 해당하는 시간 동안 아빠로 살아봤고 살아가고 있다.

직접 경험해보니 아이를 양육한다는 것은 정말 쉬운 일이 아니다.

그러지 않으려 해도 자책에 빠지는 일도 더러 있다.

이런저런 육아에 관한 이야기를 듣고 직접 경험해보니

육아에 대해 이렇다 할 정답은 없다는 말이 실감되는 요즘
이다.

그저 현재의 위치에서 최선을 다하는 것이 정답이 아닐까
싶다.

부모가 아이에게 해주지 못한 것이 많아서,

부모가 아이에게 더 좋은 것을 해주지 못해서,

부모가 아이에게 더 많은 선택지를 제공하지 못해서,

자신을 좋은 부모 또는 나쁜 부모로 나누질 않길 바란다.

나 역시도 아직까지 좋은 부모가 무엇인지 답을 내리지 못
했다.

오늘도 생각해봐야겠다. 좋은 부모가 무엇인지.

어색하고 당황했던 처음과 달리 아빠로서의 역할에 점점 익숙해지는 내 모습을 보게 된다. 아이의 성장과 함께 내 세계도 넓어짐을 느낀다. 때로는 아이의 성장과 변화에 마음이 무거워지기도 한다. 하지만 가족과 함께하는 모든 순간이 축복이다. 도전이라고 부를 수 있지만 행복의 축적이기도 했다.

아이가 나를 찾는 손짓, 나를 부르는 목소리, 놀이를 할 때 웃는 미소.
그 속에서 느낀 감정들은 내게 큰 힘이 된다.

아이의 작은 손을 잡고 걸어가면서 소중한 순간들을 더 많이 만들어 나가고 있다. 이 모든 순간은 내 인생에 더 많은 의미를 부여한다. 이야기를 쓰면서 느낀 것은 육아는 예측 불허의 모험이자 끝없는 성장과정이라는 것이다. 출산율이 낮아지고 요즘 같은 치열한 경쟁 속에서 부모의 역할은 더 큰 의미를 갖는다.

이 이야기는 긴 육아의 한 페이지에 불과하다.
책으로 비유하자면 이제 막 첫 장을 넘겼다고 생각한다.

앞으로의 날들에서 더 많은 이야기들이 펼쳐질 것이다. 그리고 그 모든 순간들은 아빠로서, 인간으로서 나를 더 성숙하게 만들 것이다. 물론 이 과정이 마냥 순탄할 것이라고는 말할 수 없다. 힘들 것이다. 하지만 동시에 소중한 순간들이다. 아빠가 되지 않았다면 알 수 없었던 세계다.

이 짧은 일기가 나 자신뿐만 아니라 다른 아빠들에게도 공감과 위로가 되기를 바란다. 글을 통해 나는 감정과 경험을 나누면서 더 나은 아빠로 성장하는 과정을 기록했다. 육아의 길은 험난할지 모르겠지만 그 안에는 사랑과 행복이 있다.

여러분들도 마찬가지일 것이다. 함께 걸어가는 모든 아빠들에게 행복과 기쁨이 가득했으면 좋겠다.

끝으로, 이 작은 글을 읽어주신 분들께 감사의 말씀을 전한다.

함께 나누는 육아의 이야기가 더 많은 아빠들에게 힘이 되고 엄마들에게는 아빠를 이해할 수 있는 계기가 되길 바란다. 그리고 남성들도 배우자를 이해하는 계기가 되기를 바란다.

끝으로 사랑하는 우리 가족과 이 책이 완성되기까지 도움을 주신 모든 분들에게 감사의 말씀을 전한다.